सपनों की
ऊँची उड़ान

सपनों की ऊँची उड़ान

जब हौसला बना लिया ऊँची उड़ान का
फिर देखना फिजूल है कद आसमान का

राजा डी. थारवानी

प्रकाशक

प्रभात प्रकाशन प्रा. लि.

4/19 आसफ अली रोड, नई दिल्ली–110002

फोन : 011–23289777 • हेल्पलाइन नं. : 7827007777

इ–मेल : prabhatbooks@gmail.com ❖ वेब ठिकाना : www.prabhatbooks.com

संस्करण

प्रथम, 2024

पेपरबैक मूल्य

तीन सौ पचास रुपए

मुद्रक

आर–टेक ऑफसेट प्रिंटर्स, दिल्ली

———— ★ ————

SAPNON KI UNCHI UDAAN

by Shri Raja D. Tharwani

Published by **PRABHAT PRAKASHAN PVT. LTD.**

4/19 Asaf Ali Road, New Delhi-110002

ISBN 978-93-5562-387-4

₹ 350.00 (PB)

समर्पण

प्रस्तुत पुस्तक मैं भगवान् की उन दो मूर्त को समर्पित करता हूँ, जिन्हें दुनिया 'माता-पिता' के नाम से जानती है।

आज जब मैं इस आत्मकथा को आपको समर्पित कर रहा हूँ तो मेरे मन में आपकी यादों का ज्वार उमड़ रहा है। आपका प्यार और समर्थन हमेशा मेरे साथ है। आपने मेरे जीवन को उजागर किया, मेरी प्रेरणा बने और मुझे हर मुश्किल में आगे बढ़ने का साहस दिया।

आपके साथ बिताया हुआ हर पल एक अनमोल याद बन गया है। मैं आपकी शिक्षाएँ, आपके संदेश और आपकी सख्ती को आज भी अपने जीवन का हिस्सा मानता हूँ।

मम्मी, आपके प्यार और स्नेह ने मुझे एक समझदार, दयालु और संवेदनशील इनसान बनाया है। आपकी हर एक बात ने मेरे जीवन को एक नई दिशा दी। मैंने आपके साथ बिताए हर लम्हे को अपने दिल में संजोया है और वे यादें मेरे जीवन की सबसे महत्त्वपूर्ण धारा बन गई हैं।

डैडी, आपकी दृढ़ इच्छाशक्ति और संघर्ष की कहानी मेरे लिए एक प्रेरणा है। आपने मुझे जिंदगी में सब कुछ हासिल करने की शक्ति दी है। आपकी मेहनत और संघर्ष ने मुझे उस दिशा में आगे बढ़ने का साहस दिया है, जहाँ असंभव को भी संभव बनाने की राह होती है।

आज इस आत्मकथा के माध्यम से मैं आपको यह बताना चाहता हूँ

कि आपकी प्रेरणा और आपकी परवरिश ने मेरे जीवन को एक नई दिशा दी है। आपके बिना मेरा जीवन अधूरा सा होता, लेकिन आपके प्यार और स्नेह ने मुझे हमेशा मजबूती और साहस दिया है।

मम्मी–डैडी, आपकी यादें मेरे लिए अमर हैं। आपका प्यार मेरे दिल में एक ज्योति की तरह प्रज्वलित रहेगा, जो मुझे हर दिन आगे बढ़ने की प्रेरणा देता रहेगा।

धन्यवाद आपको, मेरे दिल की गहराई से। आपका प्यार और मार्गदर्शन मेरे लिए सबसे महत्त्वपूर्ण हैं, और मैं हमेशा आपकी यादों को अंतर्मन से याद करूँगा।

—आपका राजा

मम्मी-डैडी की याद में...

मेरे इस जीवन की कथा को मैं अपने दिल से लिख रहा हूँ, जिसे मैं अपने माता-पिता को समर्पित करना चाहता हूँ। उनके ही आशीर्वाद ने मेरे जीवन को शिखर की ओर अग्रसर किया है। यह 'जीवन' उनकी कृपा और मार्गदर्शन का परिणाम है। उनके सपोर्ट से मैंने अच्छे मूल्यों का पालन करना सीखा और उन्हें महत्त्व देना सीखा। वे ही हैं, जिनके साथ बिताए गए पलों ने मुझे इस शिखर तक पहुँचाया है, जिसकी बदौलत आज मैं अपने समाज के लिए, अपने शहर के लिए कुछ कर सका।

स्व. श्री देवनदास थारवानी एवं स्व. श्रीमती मोहिनी देवी थारवानी

अजमेर के लोगों को उनके सपनों का आशियाना बनाकर दे सका। उनकी कमाई के अनगिनत जरिए बनाकर दे सका। उनके बच्चों को अच्छी शिक्षा के लिए स्कूल, ज्ञान का मंदिर दे सका और आगे जो भी मेरे से बन पड़ेगा, मैं वह सब करूँगा, क्योंकि मैं जानता हूँ कि आप दोनों मेरे इस सामाजिक कार्य में मेरा पूरा साथ देते आए हैं और भविष्य में भी देते रहेंगे। अगर आप यहाँ होते तो मुझे पूरा यकीन है कि अपने बेटे की सफलता पर गर्वित होते। मैं चाहता था कि मैं आपकी आँखों में वह खुशी देखूँ, जो मैं कल्पना कर सकता हूँ, लेकिन दुर्भाग्य से उन्हें देख नहीं सकता। फिर भी, मैं जानता हूँ कि आप जहाँ भी हों, मेरे प्रेरणास्रोत बने हुए हो। आपके बिना मेरा यह सफर किसी भी तरीके से संभव नहीं होता। मैं आपको हमेशा मेरे साथ रहने के लिए दिल की गहराइयों से धन्यवाद देता हूँ। यह आपका आशीर्वाद और दुआओं का ही प्रभाव है कि जीवन के सफर में असंभव-से-असंभव काम को भी आपने मेरे लिए संभव बना दिया। आपकी दिव्य दृष्टि ने मुझे सच्ची और अच्छी राह दिखाई, जिससे मैं आगे बढ़ता गया। मेरी यह हार्दिक इच्छा है कि अब जितने भी मेरे जीवन के वर्ष बचे हैं, उन्हें मैं पूर्ण रूप से समाज-सेवा व लोगों के जीवन को बेहतर बनाने में लगाऊँ।

प्रास्ताविक परिचय

एक सुकून भरा ख्वाब···मेरा 14 साल का इंतजार आज खत्म हुआ। मैंने आत्मकथा लिखने के बारे में तब ही सोच लिया था, जब मैं मात्र 40 साल का था और क्योंकि मैं हिंदी सिनेमा का बहुत बड़ा फैन हूँ, 'बागबान' फिल्म देखने के बाद तो मैं और भी प्रभावित हुआ। आज मुझे एहसास हो रहा है कि मैं वाकई बहुत भाग्यशाली हूँ, जीवन में जितना भी पाया, जितना भी सँजोए रखा, आज उस सबका सार मैं अपनी पुस्तक में लिखने जा रहा हूँ। यह सब उन माता रानी की कृपा है, जिनका मैं सदैव कृतज्ञ रहूँगा, जिन्होंने मेरे लिए इस खास सफर को तय किया है, मेरी जिंदगी में इतने उतार-चढ़ाव हैं कि यह सफर मेरे लिए एक अनोखा खतरा, एक अनोखा मजा और एक अनोखा ज्ञान लेकर आया है और इस योग्य बनाया है कि मैं खुद एक कहानी बन सकता हूँ। इस पुस्तक के जरिए मैं पढ़ने वालों को एक प्रेरणा देना चाहता हूँ कि हर मुश्किल का हल हमारे अंदर छुपा होता है। हर कोई, जिसे विधाता ने एक खास उद्देश्य से चुना है, अपने सपनों को हकीकत बनाने की पॉवर रखता है। इसमें मैं अपने जीवन के कुछ अनमोल पलों का बयान कर रहा हूँ, जहाँ मैंने नए दोस्तों से मुलाकात की, नए सपने देखे और अपने आप को एक नए रूप में देखा। जो यह किताब पढ़ने वाले हैं, मुझे पूरा यकीन है कि उन्हें भी विश्वास

हो जाएगा कि कोई भी आम इनसान इतना खास भी बन सकता है, बस उसको अपने सपनों का पीछा करना होगा, जो सपने देखे हैं, उन्हें दिन-रात जागना भी होगा, मेहनत भी करनी होगी और दूसरों को सहयोग भी देना होगा। अगर लीडर बनना है तो अपने साथियों को एक परिवार की तरह बाँधकर, जोड़कर चलना होगा। वे आपका काम करते हैं तो बदले में आपको भी उतना स्नेह, अपनापन और केयर करनी होगी, तभी सफलता पाने पर वह जीत सिर्फ आपकी जीत नहीं होती, आपके साथ काम कर रहे आपके सहकर्मियों की भी जीत होती है। इसलिए उन्हें श्रेय देना कभी न भूलें (मेरा तो यही मानना है) इन चंद पन्नों में मेरी जिंदगी का सफर है—मेरा हर रंग और मेरे हर मोड़ की कहानियाँ, जिन्होंने मेरे जीवन को एक चमकते हुए सिनेमाघर में बदल दिया।

मेरा नटखट सा बचपन, मेरी सीधी-सादी जवानी और मेरा नया-नया बुढ़ापा। सब कुछ यहाँ छुपा हुआ है। यहाँ लिखा गया है मेरे परिवार का प्यारा अपनापन, बड़ों के प्रेम का माहौल, अपनों को खोने का गम, मेरे बच्चों के जन्म की अनोखी खुशियाँ, उनकी मासूम किलकारियाँ, मेरी राजा बनने की महकती कहानी। अब मुझे एहसास होता है कि यह संघर्ष मेरे लिए कितना महत्त्वपूर्ण था। जैसे कि किसी जादुई कहानी के नए अध्याय के लिए डाली-डाली चढ़कर ही मैं इस रंगीन पहाड़ की चोटी तक पहुँच सका हूँ। बूँद-बूँद से मैंने यादों का घड़ा भरा है, लेकिन जब भी मैं पीछे मुड़कर देखता हूँ तो वही उत्साह मुझे वापस उसी समय में ले जाता है, जिस समय मैंने हर कदम के साथ अपने आत्मसमर्पण की शुरुआत की थी। यों तो लोगों पर लिखी आत्मकथा बहुत आम बात है, मैं कोई मशहूर हस्ती नहीं हूँ, पर मेरी जिंदगी का सफर कोई मामूली कहानी नहीं है। यह तो पॉपकॉर्न, कोल्ड

ड्रिंक लेकर इत्मीनान से सुनने वाली कहानी है और अगर मैंने इसे बयान न किया तो फिर क्या किया! देखते हैं, कैसे एक आम इनसान अपने सपनों को हकीकत बनाता है। हँसना, रोना, गिरना, उठना, गिरना, फिर से उठना—यह है मेरे जीवन का सार। आओ, साथ चलें और इस सफर में एक नया अध्याय शुरू करें।

कृतज्ञता

मैं डॉ. नंदिनी खत्री को अपनी हार्दिक कृतज्ञता अर्पित करता हूँ, जिन्होंने इस पुस्तक के पन्नों को अनमोल शब्दों से सजाने के लिए अपना बहुमूल्य समय और समर्पण दिया। इस यात्रा को पूरा करने पर मुझे अत्यंत गर्व का अनुभव हो रहा है, जो केवल उनकी असाधारण प्रतिभा और समर्पण के कारण ही संभव हो पाया है।

उनकी कुशल लेखनी ने पात्रों में जान फूँक दी है और पाठकों को मोहक दुनिया में ले जाया गया है। डॉ. नंदिनी खत्री को मैं अपनी हार्दिक शुभकामनाएँ अर्पित करता हूँ कि उनका भविष्य सफलता और संतुष्टि से परिपूर्ण हो।

आपकी राह में ऐसे अवसर आते रहें, जिनसे आप अपनी लेखनी से प्रेरित करती रहें, और हर एक शब्द आपको नई ऊँचाइयों की ओर ले जाए। बहुत सारे उत्कृष्ट और सृजनात्मक अध्यायों के लिए शुभकामनाएँ। लिखते रहें, प्रेरित करते रहें, और नए क्षितिजों की ओर उड़ान भरते रहें!

अनुक्रम

अध्याय-1

जिंदगी की सुहानी यादें और आज की बातें

एक और नया दिन। सुबह 7 बजे हैं, बहार के मौसम की यह सुबह है, मैं अपनी बालकनी में बैठा हूँ, जो ताजगी से भरी हुई है और हलकी सी हवा मेरे चारों ओर झूल रही है। सुनहरी किरणें मेरे गालों को छू रही हैं, मेरी आँखों को चमक दे रही हैं। मैं अपनी खुली बाँहों के साथ, खुशी, संतोष और अपने शहर अजमेर के लिए और भी सामाजिक कार्य करने के उत्साह के साथ इस दिन का स्वागत कर रहा हूँ। तैयार हो रहा हूँ, दिन की योजना बना रहा हूँ, नाश्ता कर रहा हूँ, 11 बज चुके हैं और चल पड़ा हूँ अपने ऑफिस की ओर। कई मीटिंग्स, कॉल्स और दौरों के बाद दोपहर के खाने और भूमिका (मेरी बिटिया) के साथ एक छोटी सी बातचीत के बाद अब मैं नंदिनी (मेरी लेखिका) के साथ बैठा हूँ, उसे अपने जीवन के हर हिस्से को बताते हुए। हाँ, यह मैं हूँ, राजा डी. थारवानी, यह मेरी आजकल की जीवनशैली है, अभी पढ़कर लगता है कि वाह! क्या जिंदगी है। पर यहाँ तक पहुँचने का यह 40 साल का अनुभव मेरे लिए एक सफर था (हिंदी वाला भी और इंग्लिश वाला भी) तो शुरू से शुरू करें?

चलिए, मैं आपको अपने बचपन के दिनों में ले चलता हूँ। इस अध्याय का आरंभ होता है मेरे एक तंग इलाके में पैदा होने से—15 अक्तूबर, 1969, लाखन कोटड़ी, दरगाह बाजार। किसी भी बच्चे को

कैसे पता होगा कि वह खुद को पैदा होते हुए कैसा महसूस करता है, बस प्रमाण-पत्र ही होता है। यही वह घड़ी थी, जब घर में 'राजा' पैदा हुआ था। हाँ, यह अलग बात है कि वह राजा अपने 7 भाई-बहनों (मीरा दीदी, ईश्वरी दीदी, रूप भैया, नरेश भैया, राजी दीदी और मोहिनी दीदी) में सबसे छोटा था और यह भी अलग बात है कि उसके बाद कोई और राजा आ ही नहीं पाया···(शायद मम्मी-डैडी मुझे पहचान गए थे) अपने दोनों बड़े भाई और चार बड़ी बहनों में सबसे लाडला था···(अभी भी हूँ), छोटों को अकसर प्यार कुछ एक्सट्रा ही मिलता है। मेरी मम्मी (श्रीमती मोहिनी थारवानी) बताया करती थीं कि मैं बड़ा कमजोर पैदा हुआ था। जैसे हाथ अगरबत्ती, पैर मोमबत्ती (अब सोचता हूँ कि इनमें इतना ज्यादा फैट कैसे बढ़ गया?) 1970 के उस जमाने में 7-8 बच्चे होना बहुत आम बात हुआ करती थी और हम एक संयुक्त परिवार में रहते थे, मम्मी-डैडी, हम सातों भाई-बहन और मेरी दादी।

मेरे डैडी (स्व. श्री देवनदास थारवानी) रेलवे में ऑफिसर थे और हमारे पूरे परिवार का भरण-पोषण वे अकेले ही करते थे। अपने काम की

वजह से वह बड़ौदा में रहते थे। उनकी सबसे खास बात कि वे दूर रहकर भी रिश्तों को मजबूती से जोड़े रखते थे। यहाँ मम्मी अलग, वहाँ डैडी अलग''कभी सोचता हूँ कि वह एक-दूसरे से जुदा कैसे रह लेते थे, उस समय न सेलफोन, न व्हाट्सएप, न कोई विशेष टेक्नोलॉजी, फिर भी उनके रिश्ते में इतनी मिठास थी। यह कैसी साझेदारी थी कि बिना किसी माध्यम के वे आपसी तालमेल बैठा लेते थे। कहीं वह छोटी-मोटी परिस्थितियों की बातें थीं और कहीं वह बड़े सपने, जिन्हें एक-दूसरे के साथ साझा करते थे। घर से दूर होकर भी वे कैसे एक-दूसरे के दिल की धड़कन समझ सकते थे। आज हम बातें तो करते हैं, पर कहीं वे बातें रह जाती हैं, जो केवल व्यक्ति से व्यक्ति तक जा सकती हैं। डिजिटल दुनिया की बजाय, असली रिश्तों को मजबूत बनाने का प्रयास करना चाहिए। क्या होता अगर हम किसी से बात करें, पर बिना फोन के? शायद वह साथी बन जाए? शायद, हम वह स्माइल देख पाए, जो वीडियो कॉल से छुपी रह जाती है। मम्मी-डैडी का जमाना वाकई बहुत रीयल था, क्योंकि वहाँ कनेक्शन मोबाइल का नहीं, दिल का था। हालाँकि उनका यह जुदाई का समय बस कुछ ही साल रहा। हम बड़े होने लगे तो मम्मी के लिए माँ-बाप, दोनों का प्यार देना थोड़ा मुश्किल होने लगा और यह बात समझते हुए डैडी ने 1976 में अपना ट्रांसफर रतलाम (म.प्र.) ले लिया और हम सब, पूरा परिवार वहाँ शिफ्ट हो गया। तब मैं सिर्फ 7 साल का था और मेरी शुरुआती पढ़ाई मैंने रतलाम की गलियों में की।

> ***मेरे डैडी (स्व. श्री देवनदास थारवानी) रेलवे में ऑफिसर थे और हमारे पूरे परिवार का भरण-पोषण वे अकेले ही करते थे। अपने काम की वजह से वह बड़ौदा में रहते थे। उनकी सबसे खास बात कि वे दूर रहकर भी रिश्तों को मजबूती से जोड़े रखते थे।***

□

अध्याय-2

रतलाम की गलियाँ

यों तो 43 साल हो गए हमें रतलाम छोड़े हुए, पर आज भी मैं उन दिनों को याद करता हूँ, जब हम रतलाम में बसे थे। वहाँ मैं 'न्यू मॉण्टेस्सरी' स्कूल में पढ़ा। स्कूल में मैं ढेर सारी मस्ती भरी यादों का हिस्सा बन गया था। मैं दूसरी कक्षा में था और स्कूल का वार्षिक समारोह आने वाला था। क्या मजे की बात थी कि मुझे एक प्ले में मुख्य भूमिका मिली 'राजा' की। मैं हर समय राजा की भूमिका में ही रहता था, दिन-रात प्रैक्टिस करता था। एक वार्षिक समारोह की तैयारी में कमी नहीं आनी चाहिए और तब आया एक ट्विस्ट···नहीं नहीं···प्ले में नहीं··· मेरी जिंदगी में, जब वार्षिक समारोह को 2 ही दिन बचे थे, मुझे पता चला कि हमारे गुरुजी फाग मेले के लिए सांभर (फुलेरा) आए हुए हैं। हम हर साल वहाँ मेले में जाया करते थे, गुरुजी सत्संग भी करते थे और उसी साल संयोग ऐसा बैठा कि वार्षिक समारोह और सत्संग एक ही दिन हो रहा था। मैं अपने प्रिंसिपल मिस्टर लिमये के पास गया और उन्हें बताया कि मैं प्ले में हिस्सा नहीं ले सकता। उनका चेहरा गुस्से और चिंता से भर गया, "अब हम क्या करेंगे? किसे राजा बनाएँगे, कैसे सिखाएँगे? 2 दिन में कैसे होगा? नहीं···तुम नहीं जा सकते।" मुझे काफी समझाया भी उन्होंने तो मैंने भी झुँझला कर कह दिया— "सर, तव्हाँ समझो। साईं को छोड़कर मैं यहाँ कैसे रह सकता हूँ?"

यह सुनते ही प्रिंसिपल की हँसी छूट पड़ी, क्योंकि मैं आधी सिंधी और आधी हिंदी में बात कर रहा था। यहाँ मेरे भोलेपन का मजाक उड़ रहा था, मेरा चेहरा अब भी उसी झुँझलाहट से लाल था और प्रिंसिपल ने हँसते हुए मुझे छुट्टी दे दी। जानते हो, मेरी याददाश्त अब काफी कमजोर

हो गई है, अगर किसी से 5 दिन पहले मिला हूँ तो वह व्यक्ति मुझे याद नहीं रहेगा, पर रतलाम की गलियाँ, उसकी कहानियाँ मुझे आज भी जुबानी याद हैं। जब हम सारे भाई-बहन मिलते हैं तो उन्हें याद करके बहुत हँसते हैं। आज भी अगर मैं उस रतलाम स्टेशन पर उतरूँ तो पैदल अपने घर तक जा सकता हूँ—रेलवे बँगला 1025 बी। वह गोल्डन टाइम मैं कभी नहीं भूल सकता। कोई भी इनसान कितना भी बड़ा बन जाय या कितना ही पोजीशन पर पहुँच जाए, वह अपना बचपन, अपने दोस्त, अपने टीचर्स को कभी नहीं भूल सकता।

रतलाम के बाजार

मैं छोटू सा, गोलू-मोलू सा राजा, मुझे रतलाम के बाजार घूमने का बड़ा शौक था। हर महीने के अंत में सामान की एक लिस्ट बनती थी, बजट बनता था और हमारी शॉपिंग लिस्ट भी रेडी रहती थी कि इस महीने डैडी से क्या-क्या चाहिए और आप जानते हैं, हमारी लिस्ट में कौन-कौन सी चीजें होती थीं?

मैं छोटू सा, गोलू-मोलू सा राजा, मुझे रतलाम के बाजार घूमने का बड़ा शौक था। हर महीने के अंत में सामान की एक लिस्ट बनती थी, बजट बनता था और हमारी शॉपिंग लिस्ट भी रेडी रहती थी कि इस महीने डैडी से क्या-क्या चाहिए और आप जानते हैं, हमारी लिस्ट में कौन-कौन सी चीजें होती थीं? टूथब्रश…जूते… या बॉल…(हहहहह) आजकल के टाइम की तरह विशलिस्ट जैसा कुछ नहीं होता था हमारे पास कि आईफोन चाहिए, ब्रांडेड कपड़े इत्यादि चाहिए। हमें उन छोटी-छोटी चीजों से इतनी खुशी मिलती थी कि मानो दुनिया मुट्ठी में हो और फिर टाइम आता था मम्मी-डैडी के साथ बाजार जाने का, हायययययययय…वह

तांगे में बैठने का मजा कौन छोड़े, रास्ते में चलती गाड़ियों को निहारना, तरह-तरह के लोगों से रूबरू होना और खासकर···काका से फ्री की कैंडी लेना तो मैं बिल्कुल नहीं छोड़ सकता था। वह सफर तो मेरे लिए फन टूर और बिजनेस टूर दोनों होता था। यह लिस्ट बनाने का सिस्टम भी बड़ा कमाल का था, मैं आज भी फॉलो करता हूँ, इस छोटी सी आदत से बड़ी आसानी से अपने खर्चे और बचत की समझ आ जाती है।

> *वह सफर तो मेरे लिए फन टूर और बिजनेस टूर दोनों होता था। यह लिस्ट बनाने का सिस्टम भी बड़ा कमाल का था, मैं आज भी फॉलो करता हूँ, इस छोटी सी आदत से बड़ी आसानी से अपने खर्चे और बचत की समझ आ जाती है।*

रतलाम और उसकी गलियाँ हमारी जिंदगी का वह खूबसूरत पन्ना है, जिसे हम कभी भी बाहर नहीं कर सकते, पर कुछ साल बाद ही हमें अपने शहर की याद आने लगी··हमारा अजमेर हमें याद आने लगा और मई 1980 में हम अजमेर में वापस आ गए।

□

अध्याय-3

किस्से अजमेर के

वह फ्रूट वाला

हमारा घर लाखन कोटड़ी में और मेरा स्कूल सैंट जॉन्स, होली धड़ा में था। मैं न तो कभी अकेला स्कूल गया और न कभी अकेला आया। मुझे मेरी दोनों बहनें, राजी दीदी और मोहिनी दीदी लेने आया करती थीं। उस समय हमारे पास न तो साइकिल थी, न ही कोई गाड़ी, इन छोटे-छोटे कदमों का ही सहारा होता था। अब रास्ते में भूख भी लग जाती कभी और मैं तो फलों का दीवाना शुरू से था, आज भी हूँ। खाना मिले-न-मिले, फ्रूट्स मिल जाएँ तो बस, दिन बन जाए। एक फल वाला वहाँ रोज खड़ा होता था तो उस दिन मैंने दीदी से बोला मुझे एप्पल दिलाने को (आज के जमाने का एप्पल नहीं जनाब, वह तो लाखों का आता है), हम रुके, दीदी उससे मोल भाव करने लगी और इतने में मैंने एक एप्पल उठा लिया, मुझे लगा, दीदी पैसे दे ही देगी, अपन तो खाओ, भूख बहुत तेज लग रही थी और लो, दीदी तो पैसे लाना ही भूल गई!! वह बोली, "छोड़, हम बाद में ले लेंगे, चल राजा।" ओके, हम आगे चलने लगे। मुझे एहसास नहीं हुआ कि वह एप्पल मेरे हाथ में ही रह गया और उस फ्रूटवाले ने देख लिया, उसे लगा, मैंने चोरी की और वह भागा हमारे पीछे···इतना तेज भागा, उसे देखकर हम भी घबरा गए और हम भी भागे, हम आगे-आगे, वह हमारे पीछे-पीछे दौड़ रहे हैं, यह पता नहीं

कि क्यों, मैं और मेरी दोनों दीदियाँ, कभी इस गली, कभी उस गली, उस फ्रूट वाले को पूरी चकरी घुमा दी हमने पर वह माना नहीं, जो भागा वह हमारे पीछे दौड़ते-दौड़ते, मुझे पता चला कि ओह्ह्ह्होओ···यह एप्पल की वजह से भाग रहा है हमारे पीछे! साला एक एप्पल के पीछे यह ऐसे भाग रहा है, जैसे इसकी संपत्ति ले ली हो, हा! बस एक एप्पल? उसमें इतना परेशान कर रहा है यह? और मैंने भागते-भागते वही एप्पल उस पर दे मारा, वह सीधे उसके सर पर जाकर लगा और वह धड़ाम से नीचे गिर गया। (वाह! मेरा निशाना कितना सटीक था) यह देखकर तो दोनों दीदियों ने मुझे पकड़ा और हवा की रफ्तार से भी तेज भगा के ले गईं मुझे, घर पहुँचा, देखा, कोई पीछे नहीं आ रहा था, तब साँस-में-साँस आई हमारे और उस दिन से उन दोनों ने मेरा नाम 'छोटा एप्पल' रख दिया। पर जरा सोचो, वह आदमी मुझे पकड़ लेता तो पता नहीं क्या होता इस छोटे एप्पल का!

बचपन से मैं बहुत ग्राउंडेड था, बिल्कुल जमीन से जुड़ा हुआ। मुझे गार्डनिंग का बड़ा शौक था (अब तो वैसी मिट्टी ही नहीं रही) मैं बड़े मजे से मूली, गाजर, पालक, केले, चीकू आदि उगाता था और मजे की बात, तुलसी का पौधा हमेशा मेरे हाथों से ही लगता था···आज भी मेरे हाथों से ही लगता है। तो हुआ न मैं ग्राउंडेड।

बचपन से मैं बहुत ग्राउंडेड था, बिल्कुल जमीन से जुड़ा हुआ। मुझे गार्डनिंग का बड़ा शौक था (अब तो वैसी मिट्टी ही नहीं रही) मैं बड़े मजे से मूली, गाजर, पालक, केले, चीकू आदि उगाता था और मजे की बात, तुलसी का पौधा हमेशा मेरे हाथों से ही लगता था···आज भी मेरे हाथों से ही लगता है। तो हुआ न मैं ग्राउंडेड।

मेरे बचपन के दिन एक चुटकुले की तरह थे। हमें पॉकेट मनी

में सिर्फ 30 रुपए मिलते थे, लेकिन हम उसी में खुश थे। बचपन से ही मुझे घूमने का बड़ा शौक था और अजमेर के हर कोने में घूमना हमारी आदत बन गई थी। वहाँ की खूबसूरती, लोग, रंग-बिरंगे बाजार और स्थानीय संस्कृति ने मेरे जीवन को और भी समृद्धि से भर दिया। मुझे याद है, जब हम छुट्टी के दिन दौलत-बाग जाते थे। एक मिनी वेकेशन की तरह, हम घर से पकौड़ियाँ, पूरियाँ और अन्य स्वादिष्ट व्यंजन बनवाकर ले जाते थे, वहाँ बेडशीट या चटाई बिछाकर मजे से पिकनिक का आनंद लेते थे और जब हम पुष्कर घूमने जाते थे तो लगता था, मानो विदेश में आ गए हों। लगता था कि हम किसी फिल्म के ख्वाब में खोए हुए हैं। पुष्कर के मेले की भीड़, झूला झूलना और अलग-अलग गाड़ियों में सवारी का मजा ही कुछ और था। हम सभी भाई-बहन खूब खेलते थे।

यह बाजार जाने की ही उत्सुकता थी, जिसके कारण मैं साइकिल चलाना भी सीख गया था। एक बार हम जब सामान लेकर घर आए तो मेरे डैडी की हमेशा आदत थी लिस्ट से क्रॉस-चेक करना और···ओहो! उसमें से 2-3 सामान तो दुकान पर ही भूल आए। मैंने फट से कहा, "डैडी मैं साइकिल पर जाकर ले आऊँ क्या?" डैडी ने मेरा टेस्ट लेने के मूड से कहा, "चला लेगा?" "हाँ डैडी··· बिल्कुल···चलानी आती है मुझे···" वह बोले, "ओके···जा", हहहा···अब क्या बताऊँ, उत्सुकता में मैंने बोल तो दिया था, पर वह बड़ी सी साइकिल चलाऊँ कैसे···कोशिश की मैंने एक पैडल फिर दूसरा पैडल···फिर कैंची मारना और लो··· एक्सीडेंटली मैंने साइकिल चलाना भी सीख लिया···

वह वक्त था, जब हम समझते थे कि डैडी अकेले कमाने वाले हैं तो हम भी उतने ही पैर फैलाते थे, जितनी चादर होती थी और 1980 में जब डैडी टेलीविस्टा का वह B&W टी.वी. लाए थे··हमें लगा था,

जैसे हम खुद ही टी.वी. में आ रहे हों। टीका लगाकर, नारियल फोड़कर, मम्मी ने जब वह पावर बटन दबाया, वह खुशी बयान भी नहीं की जा सकती। उस समय टी.वी. एक तो चैनल भी एक ही आता था 'दूरदर्शन' और उसे देखने के लिए भी बड़ी मशक्कत करनी पड़ती थी··· छत पर लगे एंटीना को एडजस्ट करना और बार-बार चिल्ला-चिल्लाकर पूछना··· "आया?" और वहाँ से जवाब आता, "नहीं" और फिर से चिल्लाना, "अब आया?" गला ही बैठ जाता था कसम से। पर इस स्ट्रगल के बाद 'चित्रहार' देखने का सुकून सबसे बढ़कर था। 70-80 का वह जमाना! मैं समझता हूँ, उस समय में पैदा होने वाला हर व्यक्ति मुझसे सहमत होगा कि उस समय की हर चीज अद्‌भुत ही थी। 20 पैसे का समोसा और कैंपा कोला लेकर हमें करोड़पति सी फीलिंग होती थी और जब कोई फर्स्ट डिवीजन से पास होता था तो पूरी दुनिया उसे IIT का टॉपर मान लेती थी (वैसे मेरा भी हमेशा फर्स्ट डिवीजन ही आता था···)।

1980 में जब डैडी टेलीविस्टा का वह B&W टी.वी. लाए थे···हमें लगा था, जैसे हम खुद ही टी.वी. में आ रहे हों। टीका लगाकर, नारियल फोड़कर, मम्मी ने जब वह पावर बटन दबाया, वह खुशी बयान भी नहीं की जा सकती। उस समय टी.वी. एक तो चैनल भी एक ही आता था 'दूरदर्शन' और उसे देखने के लिए भी बड़ी मशक्कत करनी पड़ती थी···

जैसे-जैसे मैं बड़ा और समझदार होता गया, वैसे-वैसे मेरी रुचि भी बढ़ती गई, लेकिन जो सबसे अद्धितीय था, वह था मेरा पैसों के प्रति अत्याधुनिक और अद्‌भुत दृष्टिकोण। बचपन में मैं अपनी मौसी के घर अकसर जाता था। एक दिन मेरी मौसी ने मुझे 5 पैसे, 10 पैसे, 50 पैसे

ऐसे ही कुछ पैसे दिए। तो आपको क्या लगता है, मैंने बस चुपचाप उन पैसों को रख लिया? नहीं, बल्कि जोर से बोल पड़ा, "मौसी, ढंग की खर्ची तो नोट-वोट में होनी चाहिए, ये कौन से सिक्के हैं?"

मेरी उत्सुकता और नादानी पर मौसी को बड़ी हैरानी हुई और हँसते हुए उन्होंने कहा, "यह बच्चा अलग किस्म का है, एक दिन यह बहुत तरक्की करेगा।" किसे पता था कि हँसी में कही हुई यह बात मेरा दृष्टिकोण बन जाएगी और मौसी की बात सच हो जाएगी।

□

अध्याय-4

इस नाम में है कुछ खास

एक 'नाम' की बहुत खास बात बताऊँ? हमारा नाम हमसे ज्यादा दूसरे लेते हैं, शायद इसलिए लोग अपने बच्चों का नाम बड़ा सोच-समझकर रखते हैं। मेरे मम्मी-पापा ने मेरा नाम 'राजा' इसलिए रखा होगा, जैसे-जैसे लोग मेरा नाम पुकारेंगे, उसकी पॉजिटिव वाइब्स मेरे अंदर अपने आप आ जाएँगी। मेरा व्यवहार, मेरी सोच, मेरी किस्मत, मेरा रुतबा, यह सब एक राजा की तरह हो सकते हैं, यह तो मैंने कभी सपने में भी नहीं सोचा था, पर मम्मी-पापा ने जरूर सोचा होगा। मम्मी-डैडी के महत्त्वपूर्ण संस्कार और मूल्यवान आदर्शों ने मुझे बचपन से ही सिखाना शुरू कर दिया कि जीवन का सार क्या है। वे मुझे अपनी छोटी-छोटी कहानियों, किस्सों से जीवन के मूल्यों का महत्त्व सिखाते थे। मैंने तब समझा नहीं, पर आज उन छोटे-छोटे किस्सों ने मेरी जिंदगी को अद्वितीय व अद्‌भुत बना दिया है। आज भी मैं उन सभी मूल्यों को अपनी आदत में शामिल करके चलता हूँ। मुझे याद है कि···उस समय, जब मैं अपनी मम्मी के साथ अपने मामा और मौसी के घर जाया करता था (केसरगंज में), तो रास्ते

में सेंट जॉन्स स्कूल के पास घास बेचने वाले बैठते थे तो मम्मी थोड़ा सा चारा वहाँ गायों को खिला दिया करती थीं। मैं बड़ा नाराज होता था और बोलता था, "आप इतने पैसे खर्च कर रही हो तो बेटे को दे दिया करो न, गाय को क्यों खिला रही हो? बेटा काम आएगा, गाय थोड़ी काम आएगी।" देखा मेरा बचपना? मेरी नादानी··हहहहह मेरी इस नासमझी को मम्मी ने बड़ी सहजता से लिया और कहा, "राजा, तू मेरा बेटा है, तू मेरा खून है, तुझे पालना मेरा फर्ज है, पर यह मेरा कर्म है, मेरा धर्म है, जो मुझे करना है।" इस इतनी सी कहानी ने मुझे मेरा धर्म सिखा दिया। अगर मालिक ने आपको दिया है तो आपको भी उसमें से थोड़ा सा हिस्सा दूसरों में बाँटना होगा।

आज भी मुझसे जितना बन पड़ता है, मैं करता हूँ। पहले तो हम हर 10-15 दिन में चारा डालने जाया करते थे, पर आज मेरी कोशिश रहती है कि मैं रोज गायों को चारा डालने जाता हूँ। इस धर्म का पालन करता हूँ। आज भी जब मैं रोज गायों के लिए चारा डालता हूँ तो मम्मी की वे बातें याद आती हैं और मेरी नादानी पर मुझे बड़ी हँसी आती है। मेरी यह भरपूर कोशिश रही है कि इन सब धर्म व कर्म का अच्छा काम मेरे दोनों बच्चे, जो आज मेरे साथ-साथ करते हैं, भविष्य में भी करते रहें और मुझे विश्वास है कि आज मेरे दोनों जिगर के टुकड़े, भूमिका और मंथन, इन नोबल कामों में बढ़-चढ़कर साथ देते हैं, वे मेरे जाने के बाद भी उतनी ही सेवा करेंगे।

आज भी मुझसे जितना बन पड़ता है, मैं करता हूँ। पहले तो हम हर 10-15 दिन में चारा डालने जाया करते थे, पर आज मेरी कोशिश रहती है कि मैं रोज गायों को चारा डालने जाता हूँ। इस धर्म का पालन करता हूँ। आज भी जब मैं रोज गायों के लिए चारा डालता हूँ तो मम्मी की वे बातें याद आती हैं और मेरी नादानी पर मुझे बड़ी हँसी आती है।

□

अध्याय-5

रेलवे की सवारी-फ्री वाली

रेलवे के सफर में हमारे लिए कभी हँसी की कमी नहीं होती थी। हमारे घर के एक नायक थे हमारे डैडी, जिन्हें पूरे परिवार (9 सदस्य) के लिए रेलवे यात्रा में पहली श्रेणी (फर्स्ट क्लास) के मुफ्त पास मिलते थे। मेरे चाचाजी, जो कि अहमदाबाद के ट्रेन टिकट इंस्पेक्टर, एक बहुत प्यारे और मीठा बोलने वाले इनसान थे। वे हर साल सांभर के सत्संग (साध पुरसनाराम साहिब और साध रतुराम साहिब के दरबार) मेले के लिए आते थे (जैसा कि मैंने पहले ही कहा था) और साथ में कुछ रिश्तेदारों को भी सत्संग के लिए लेकर आते थे, क्योंकि उनके पास भी मुफ्त पास थे। हमारे रिश्तेदार हमेशा उनका इंतजार करते रहते थे, ताकि उन्हें मुफ्त में सफर करने का मौका मिल सके। उस समय लोग 5 रुपए बचाने के लिए भी बड़ी मशक्कत करते थे। तो ऐसा हुआ एक बार, हम सभी करीब 35-40 लोग जब फुलेरा जाने के लिए यात्रा कर रहे थे, तब टी.टी.

> ***मेरे चाचाजी, जो कि अहमदाबाद के ट्रेन टिकट इंस्पेक्टर, एक बहुत प्यारे और मीठा बोलने वाले इनसान थे। वे हर साल सांभर के सत्संग मेले के लिए आते थे और साथ में कुछ रिश्तेदारों को भी सत्संग के लिए लेकर आते थे, क्योंकि उनके पास भी मुफ्त पास थे।***

आया, उसने टिकट माँगी, हमने कहा, "अगले केबिन में है", फिर उसने अगले केबिन की ओर बढ़ते हुए कहा तो वहाँ से जवाब आया, "अगले केबिन में" और यह चलता रहा···उसे यह देखकर हैरानी हुई कि 35-40 व्यक्ति खुशी-खुशी टिकट के बिना बैठे हैं? कैसे? क्यों? फिर मेरे डैडी आए और अपना आई.डी. दिखाया। टी.टी. ने कहा, "सर, 8-9 सदस्य समझ आता है···यहाँ तो 35-40 लोग हैं, सबको कैसे जाने दूँ?"

और यहाँ पर मेरे चाचाजी आते हैं, एक बुलंद आवाज के साथ "हेड टी.टी., अहमदाबाद"। टी.टी. ने कहा, "हाँ तो?" और हम हँसी में बहकर लोट-पोट हो गए···चाचाजी की खासियत थी, वे बातों-बातों से ही इतना सम्मोहित कर देते थे कि सामने वाला उनकी बातों का दीवाना हो जाता था। फिर उन्होंने स्थिति को मोड़ दिया और उस टी.टी. को इतनी स्मार्ट तरीके से मना लिया कि न केवल उस समय, बल्कि हर साल, हम मुफ्त में फुलेरा जाते थे···और और और···मुफ्त मुफ्त मुफ्त!!

□

अध्याय-6

खुद की कमाई हुई पॉकेट मनी

बचपन से मैं गुस्सैल तो था ही, खुद्दार भी था और जैसा कि मैंने बताया उस समय हमें सिर्फ 30 रुपए पॉकेट मनी मिलती थी। (आज के टाइम से कैलकुलेट करें तो शायद रु. 3000/- होंगे) हमें वह कम ही लगते थे, कभी समोसे खाते थे, कभी कुछ और, 20-21 तारीख तक आते-आते पॉकेट मनी खत्म, क्योंकि उसमें से लगभग 80 प्रतिशत तो मैं सुपारी में ही उड़ा देता था। हाँ, मुझे सुपारी खाने का शौक चढ़ा था और ऐसा शौक कि दिन के 40-40 पैकेट मैं खा जाता था। उस समय 'प्रीति' सुपारी आती थी। सुबह-शाम-रात...कोई हिसाब नहीं, इतनी सुपारी खाता था। अब साहब, सुपारी खाता था तो उसके नुकसान भी झेलने पड़े मुझे। मेरा हीमोग्लोबिन पहुँच जाता था करीब 6-7... और उसके ऊपर से डैडी की डाँट...डबल नुकसान है। मेरे डैडी

बचपन से मैं गुस्सैल तो था ही, खुद्दार भी था और जैसा कि मैंने बताया उस समय हमें सिर्फ 30 रुपए पॉकेट मनी मिलती थी। हमें वह कम ही लगते थे, कभी समोसे खाते थे, कभी कुछ और, 20-21 तारीख तक आते-आते पॉकेट मनी खत्म, क्योंकि उसमें से लगभग 80 प्रतिशत तो मैं सुपारी में ही उड़ा देता था।

अकसर मुझे डाँट दिया करते थे कि "देख, बंद कर दे यह सब, वरना मुझे कोई स्ट्रिक्ट एक्शन लेना पड़ेगा।" और मैं जवां-जवां सा खून, मैं भी गुस्से में बोल देता था, "यार पापा, मैं क्या ही करूँ, मुझे आदत पड़ गई है और आप ज्यादा-से-ज्यादा मेरी पॉकेट मनी रोक दो।"

(जानता हूँ, गुस्से में गलत बोल दिया था, आज भी मुझे मेरी गलतियाँ महसूस होती हैं)

शौक पूरे करने थे मुझे, पर आत्मसम्मान में कमी नहीं आनी चाहिए। मैं अकसर मेरी बड़ी दीदी (मीरा दीदी) के पास जाता था, जब वह ट्यूशंस लिया करती थीं और कभी उनके पास ज्यादा छात्र हो जाते थे तो वह एक-दो मुझे ट्रांसफर कर देती थीं। चूँकि मैं शुरू से पढ़ाई में होशियार था और पढ़ाने में मुझे और भी ज्यादा मजा आता था। इस तरह शुरुआत हुई मेरे पहले काम की, मेरे पहले स्टूडेंट का नाम जो मुझे आज भी याद है विनोद, जिसे मैंने इंग्लिश, साइंस, मैथ्स पढ़ाए थे। फिर एक और स्टूडेंट आया। इस तरह 1983 से यहाँ मैंने पढ़ाना शुरू किया और मेरी पहली कमाई आई रु. 120,··· पॉकेट मनी से कई गुणा ज्यादा! मैंने पॉकेट मनी बंद करा दी, अब डैडी क्या ही बोलते, फिर भी डैडी तो डैडी हैं, मुझे सुपारी नहीं खाने देते थे, पर मैं छुप-छुपकर खाता था, अब छोड़ दी है।

शौक पूरे करने थे मुझे, पर आत्मसम्मान में कमी नहीं आनी चाहिए। मैं अकसर मेरी बड़ी दीदी (मीरा दीदी) के पास जाता था, जब वह ट्यूशंस लिया करती थीं और कभी उनके पास ज्यादा छात्र हो जाते थे तो वह एक-दो मुझे ट्रांसफर कर देती थीं। चूँकि मैं शुरू से पढ़ाई में होशियार था और पढ़ाने में मुझे और भी ज्यादा मजा आता था।

सुपारी स्वास्थ्य के लिए हानिकारक होती है। उस आमदनी से मैंने पोस्ट ऑफिस में अकाउंट खुलवाया। मुझे याद है, 50 रुपए से मैंने वह अकाउंट खुलवाया था और जितने भी मेरे पास पैसे जमा होते, कभी 20 रुपए, कभी 30, वह मैं जमा करवा देता था।

□

अध्याय-7

मेरी जिंदगी के एक हिस्से का टूटकर बिखर जाना—मेरी प्यारी माँ

3 नवंबर, 1982; मैं वह काला और भयंकर दिन कभी नहीं भूल सकता। अजमेर के पुश्तैनी घर के आधे हिस्से में हम रहते थे और आधे हिस्से में हमारे दूर के रिश्तेदार। अंकल बैंक में थे और आंटी हाउसवाइफ ही थीं; जो हर घर की कहानी होती है, मेरी मम्मी और आंटी की कभी नहीं बनती थी। आंटी उस वक्त बहुत बीमार थीं, उन्हें डबल निमोनिया हो गया था। उस समय मेरी मम्मी उनके लिए खाना बनाती थीं, उनके तीनों बच्चों का खयाल रखती थीं। मम्मी उन खराब स्थितियों में भी इतनी समझदार थीं कि उन्होंने इसे नजरअंदाज नहीं किया। वह तो प्यार की देवी थीं···तो वह कैसे किसी को भूखा रख सकती थीं? दूसरी ओर, डैडी को बी.पी. और थोड़ा स्वास्थ्य से संबंधित समस्याएँ होने लगी थीं, इसलिए वे हमेशा मम्मी को बैंकिंग, अकाउंटिंग आदि का काम सीखने के लिए प्यार से समझाया करते थे। वह हमेशा बोलते थे कि “मोहिनी, यह अकाउंट देख लो, सीख लो, कभी मुझे कुछ हो जाएगा तो तुम्हारे पास 7 बच्चे हैं, उन्हें पालना, बड़ा करना, आसान नहीं होगा।” और जाने क्यों, मम्मी हमेशा इस तरह से जवाब दिया करती थीं, “देखना, मैं यों ही चली जाऊँगी, पता भी नहीं पड़ेगा।” डैडी बोले, “क्या बात करती हो,

बीमार तो मैं हूँ, तुम्हें क्या हुआ है, एकदम स्वस्थ हो, मस्त मौला हो, डांस करती रहती हो, भजन गाती रहती हो, तुम्हें न बी.पी. है, न शुगर, तुम्हें क्या होगा?"

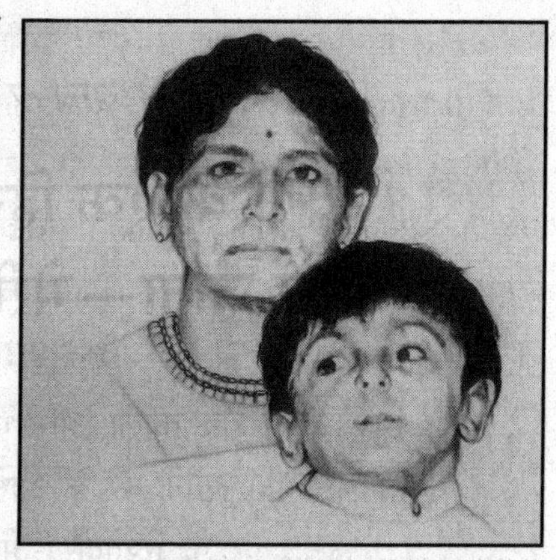

किसी ने भी नहीं सोचा था कि यह मजाक में यों ही कही बात इस तरह सच हो जाएगी। फिर वह धनतेरस का काला दिन आया, कौन जानता था, वह दिन हमसे हमारा सब छीन लेगा। सुबह-सुबह जैसे कि सामान्य दिन होता था, हम अपनी दिनचर्या में व्यस्त थे, हमने अपना नाश्ता किया, काम के लिए निकल गए और दोपहर में, जब मैं लंच के लिए वापस आया, (मैं उस पल को अपनी आखिरी साँस तक नहीं भूल सकता), मम्मी ने अंकल के घर की तरफ देखकर कहा, "यह नींबू-मिर्ची क्यों टाँगा है इन्होंने?" (आम तौर पर नींबू-मिर्ची बुरी नजर को हटाने के लिए लोग इस्तेमाल करते हैं और ज्यादातर मंगलवार या शनिवार को), लेकिन यह एक शुभ दिन था, इसलिए घर में इस अजीब चीज को देखकर मम्मी को थोड़ी चिंता हुई। उन्होंने दीदी से भी यही पूछा, "यह इन्होंने नींबू-मिर्ची क्यों टाँगा है? मुझे ठीक नहीं लग रहा।" दीदी ने इसे हलके में लेते हुए कहा, "मम्मी, उनकी साइड लगा है, अपने को क्या करना है।" शायद वह कन्विंस नहीं हुईं, उन्हें कुछ तो खटक ही रहा था। तभी वह सारा दिन हम सबसे बार-बार एक ही सवाल कर रही थीं। हमने उन्हें बहुत समझाया, "कम ऑन मम्मी, एक नींबू-मिर्ची ही तो है, उनकी तबीयत ठीक नहीं है, किसी बाबा

ने बताया होगा, कुछ होगा, आप ज्यादा मत सोचो, हम भी तो लगाते हैं।" मम्मी बोली, "हाँ, पर हम हर मंगलवार लगाते हैं, आज तो मंगलवार नहीं है।"

फिर उन्होंने एक पल के लिए इग्नोर किया और अपने काम में मग्न हो गईं। खाना बना रही थीं, पापड़ बना रही थीं, फिर शाम को जब डैडी घर पर आए तो फिर से उनका वही सवाल, तो मेरे डैडी ने भी ज्यादा ध्यान नहीं दिया। डैडी बहुत संवेदनशील थे और ऐसी कंडीशन देखकर त्योहार होते हुए भी वह मिठाई नहीं लाए, बोले, "ऐसे अच्छा नहीं लगता, वहाँ वह बीमार है और हम यहाँ मिठाई खाएँगे?" और मैं दिनभर मिठाई का इंतजार करते-करते सो गया। मुझे बहुत अच्छी तरह से याद है, उस समय रात के 10.30 बजे थे, जब मेरे बड़े भाईसाहब (रूप कुमार) काम से वापस आए, (वह जयपुर जॉब करते थे), उन्होंने मम्मी से खाना गरम करने को कहा, मम्मी आराम से बैठकर स्वेटर बुन रही थीं (सर्दी का मौसम था)। वह रसोई में गईं और बड़े ताज्जुब की बात है कि वह नींबू-मिर्ची किचन से साफ दिखाई देते थे, जो मम्मी को और भी चिंता में डाल रहे थे। जब मेरे भाई किचन में गए तो उन्होंने फिर वही सवाल उनसे भी किया, "रूप देख, उन्होंने नींबू-मिर्ची बाँधा है, मुझे ठीक नहीं लग रहा।" इतना कहकर वह चुप हो गईं। अब मेरे भाईसाहब सुबह 6 बजे के गए हुए, थके-हारे आए, वह क्या बोलते तो उन्होंने भी इग्नोर किया और किचन से बाहर आ गए। थोड़ी देर बाद वह वापस अंदर गए तो देखा कि गैस ऑन पड़ी है और मम्मी उस नींबू-मिर्ची की

फिर उन्होंने एक पल के लिए इग्नोर किया और अपने काम में मग्न हो गईं। खाना बना रही थीं, पापड़ बना रही थीं, फिर शाम को जब डैडी घर पर आए तो फिर से उनका वही सवाल, तो मेरे डैडी ने भी ज्यादा ध्यान नहीं दिया।

तरफ एक टक देखे जा रही हैं। वह एकदम से बोले, "मम्मी, गैस पर तो कुछ नहीं है, खाली जल रही है।" मम्मी का ध्यान एक पल के लिए टूटा और वह धम्म से नीचे गिर गईं। मेरे डैडी अपनी बीमारी की वजह से नींद की टेबलेट लेकर सोया करते थे। हम जब मम्मी को लेकर आए, बेड पर लिटाया तो वह भी एकदम से चौंककर उठ गए, बोले "क्या हुआ?" घर में जैसे भगदड़ मच गई, "मम्मी गिर गईं।" तो वह बोले, "आज सुबह से काम कर रही है, थक गई होगी" और इतने में उन्हें तेज कँपकँपी हुई।

मेरे डैडी अपनी बीमारी की वजह से नींद की टेबलेट लेकर सोया करते थे। हम जब मम्मी को लेकर आए, बेड पर लिटाया तो वह भी एकदम से चौंककर उठ गए, बोले "क्या हुआ?" घर में जैसे भगदड़ मच गई, "मम्मी गिर गईं।" तो वह बोले, "आज सुबह से काम कर रही है, थक गई होगी" और इतने में उन्हें तेज कँपकँपी हुई।

हमें बड़ा अजीब लगा तो मेरे बड़े भाई डॉक्टर को बुलाने चले गए। उस समय रात के 11 बजे थे, हमारी किस्मत भी बड़ी अजीब थी कि उस वक्त हमें दो घर छोड़कर जो डॉक्टर रहता था, वह याद न आया, और मेरे भाई इंदरकोट से डॉक्टर को बुलाने गए। मतलब वह होता है न कि सभी जगहों से रास्ते बंद होते ही दिख रहे थे। उस समय उन्होंने आने से मना कर दिया और यहाँ मम्मी को दूसरी बार बहुत बुरी तरह से कँपकँपी हुई। हम सभी इतना घबरा गए थे कि समझ ही नहीं आ रहा था कि आखिर मम्मी को हुआ क्या है? उन्हें गुड़ खिलाया, तेल की मालिश की, सब कुछ किया, हम कोशिश कर रहे थे। फिर मेरे मामा दूसरे डॉक्टर के पास गए, डॉ. लाला। जब तक वह डॉक्टर आ रहे थे, वहाँ मम्मी को तीसरी बार कँपकँपी हुई और वह करवट

लेकर सो गईं। हमें लगा, आराम मिल गया तो सो गई होंगी। इतने में डॉक्टर आए, वह जानते ही थे हमें और देखकर बोले, "अरे मेहँदी (माँ को वह प्यार से बुलाते थे) की तबीयत खराब हुई है क्या?" फिर उन्होंने मम्मी की आँखें चेक कीं, नब्ज चेक की, उनकी विचित्र अभिव्यक्तियाँ आज भी मुझे याद हैं। 4–5 मिनट जब तक डॉक्टर उन्हें चेक कर रहे थे, मानो हमारी साँसें रुकी हुई थीं कि जाने क्या हुआ हैं माँ को, क्या बोलेंगे डॉक्टर। डॉक्टर बोले, "कब से तबीयत खराब है?"। "कुछ तबीयत खराब नहीं, रसोई में थी और एकदम से गिर गई, फिर कँपकँपी हुई, अब आराम करके सो गईं।" उन्होंने कहा, (जो कोई भी बच्चा जीवन में कभी नहीं सुनना चाहता), "बोले, "आराम नहीं कर रहीं, वह अब नहीं रहीं।" (उन्हें ब्रेन हेमरेज हुआ था और डॉक्टर बोले कि उनके इतने सालों के अनुभव में ऐसा कभी नहीं हुआ कि मरीज को ब्रेन हेमरेज के तीनों अटैक एक साथ आए हों।)

डॉक्टर बोले, "कब से तबीयत खराब है?" "कुछ तबीयत खराब नहीं, रसोई में थी और एकदम से गिर गई, फिर कँपकँपी हुई, अब आराम करके सो गईं।" उन्होंने कहा, (जो कोई भी बच्चा जीवन में कभी नहीं सुनना चाहता), "बोले, "आराम नहीं कर रहीं, वह अब नहीं रहीं।"

कमरे में पूरी एक चुप्पी···pin-drop silence और दर्द फूट पड़ा···मेरे डैडी के तो हाल खराब, सभी रोने लगे···मुझे कुछ भी समझ नहीं आ रहा था। 14 साल का बच्चा कैसे प्रतिक्रिया करता उस समय, यकीन ही नहीं हुआ। वह रात इतनी काली हो जाएगी हम सब की जिंदगी में, हमने सपने में भी नहीं सोचा था। अगले ही दिन आंटी बिल्कुल ठीक हो गई थीं!! एकदम फिट एंड फाइन और घर में डेथ के बाद जो भी खाना बनाना होता है, रीति–रिवाज होते हैं, वह सब उन्होंने किए। (मेरी

आँखें आज भी उस दर्द और पछतावे से भर जाती हैं) जैसा कहते हैं कि जो होना होता है, उसे कोई नहीं टाल सकता, पर काश, हमें वह पासवाले डॉक्टर का ध्यान आया होता···काश जो मम्मी सुबह से कह रही थी, उसपर हमने जरा सा ध्यान दिया होता···काश···मैं अपनी माँ को बचा पाता···काश···!

वह रात इतनी काली हो जाएगी हम सब की जिंदगी में, हमने सपने में भी नहीं सोचा था। अगले ही दिन आंटी बिल्कुल ठीक हो गई थीं!! एकदम फिट एंड फाइन और घर में डेथ के बाद जो भी खाना बनाना होता है, रीति-रिवाज होते हैं, वह सब उन्होंने किए।

मम्मी के जाने के बाद आंटी हमसे अच्छी तरह से बात करती थीं, ध्यान रखती थीं, उन्हें खयाल था कि हम बच्चों को उनकी जरूरत है।

माँ—हँसी के पन्नों में छुपे आँसू,
मम्मी, जबसे होश सँभाला है,
तुम्हें मैंने हमेशा एक प्यार की मूर्त के रूप में जाना है
इतनी सहज, इतनी कोमल, ममता से भरी।
माँ की रचना, जरूर एक माँ ने ही की
देखा है मैंने, तुम्हारा बहुत धार्मिक होना, रोज मंदिर जाना,
भजन लिखना, उन्हें राग में गाना,
गायों को चारा देना, गरीबों को दान करना,
वह उस समय पानी की इतनी किल्लत होने के बाद भी,
तुम्हारा एक चरी गुरुद्वारे में देना।
खुद के पास इतना न होते हुए भी, सबकी इच्छाएँ पूरी करना,
अपने ममता के आँचल में सबको समेट लेना,
हम सातों भाई-बहनों को एक समान प्यार देना
और उसमें से भी कुछ एक्स्ट्रा मुझे देना,

वह हम सबके डिब्बों में मिठाई भरना ,
और मेरे डिब्बे में एक-दो ज्यादा भर देना।
वह हर शाम 5 बजे तैयार होकर डैडी का इंतजार,
सुंदर तुम लगती थीं हर बार,
उनके साथ शाम की चाय की चुस्की लेना,
पूरे दिन की बातें बताना,
वह लूना का हॉर्न बजते ही हमारा सब छोड़छाड़ के पढ़ने बैठ जाना।
और तुम्हारा डैडी की डाँट से हमें बचाना,
कहाँ से लाती थीं तुम इतना प्यार ?
कभी कम न पड़ता, और सर पर न लगता कोई भार।
रहेगा मुझे हमेशा यह मलाल,
न बिता सका तुम्हारे साथ ज्यादा साल,
क्यों आया वह प्रलय
न बिता सका तुम्हारे साथ मैं ज्यादा समय।
मैं तो अभी बचपन के घेरे में ही था,
तुम्हारे आँचल में बैठा ही था,
कभी तो लगे वह पल बस दो पल का था ,
कभी लगे कि तुम्हारा साथ जन्मों की तरह ही था।
माँ, तुम अभी-अभी तो यहीं थी! अभी कहाँ चली गईं।
अभी तो तुम्हारा हाथ मेरे हाथ को थामे हुए था,
अभी ही यह हाथ खाली कैसे हो गया ?
अब बड़ा हो गया हूँ, पर तुम्हारे लिए आज भी वहीं ठहरा हूँ।
एक-एक पल जो बीता तुम्हारे साथ, रखूँगा तुम्हारी हर एक बात को याद।
माँ, तुम रहना हमेशा मेरे साथ।

□

अध्याय-8

बिखरी जिंदगी को समेटकर फिर से चलना

जैसे-तैसे वह रात गुजरी और आगे की जिंदगी में जैसे एक काला अँधेरा दिखाई दे रहा था, जहाँ उम्मीद की कोई रोशनी नहीं, खुशी का कोई पल नहीं, मम्मी के साथ एक तरह से हम भी चले गए थे इस दुनिया से, पर फिर वही बात याद आती है, "वक्त और जिंदगी का फलसफा ही है चलना। साँसें रुक जाती हैं, पर जिंदगी रुकती नहीं।" आस-पड़ोस में सबको यह खबर तो देनी ही थी और उस जमाने में फोन नहीं होते थे तो घर में से ही किसी को जाना होता था और मैं गया पूरे मोहल्ले में सबको घर-घर बताने कि ऐसा हो गया है और आज 11 बजे अंतिम संस्कार है। पता नहीं मुझमें इतनी हिम्मत कहाँ से आ गई थी। हालाँकि मैं बिल्कुल खाली था उस समय, जब मम्मी को ले जाने की बारी आई तो मैं भी तैयार हो गया जाने को (हमारे यहाँ का रिवाज है कि जिन्होंने यज्ञोपवीत नहीं पहना

आस-पड़ोस में सबको यह खबर तो देनी ही थी और उस जमाने में फोन नहीं होते थे तो घर में से ही किसी को जाना होता था और मैं गया पूरे मोहल्ले में सबको घर-घर बताने कि ऐसा हो गया है और आज 11 बजे अंतिम संस्कार है।

होता है, वे यह संस्कार नहीं कर सकते) और मैं तो उस समय छोटा सा था, यज्ञोपवीत पहना हुआ नहीं था (यज्ञोपवीत पहनना मतलब, आधी शादी माना जाता था), पर मैं जिद्दी, नहीं माना, दादी ने बहुत समझाया मुझे, फिर भी मैं अड़ गया कि कुछ भी करो, मुझे तो जाना है, आखिर तक मम्मी के साथ रहना है। फिर वह कच्चा यज्ञोपवीत पहनकर मैं गया।

> ***जब हम मम्मी का अंतिम संस्कार कर रहे थे तो मेरे मन में सवालों का बवंडर चल रहा था, कि अब जिंदगी जीनी कैसे है? मुझे माँ का प्यार कौन देगा, खाना कौन बनाकर खिलाएगा? मुझे प्यार कौन करेगा? तरह-तरह की बातें मेरे दिमाग पर हावी हो रहीं थी। पर जो करना था, वह तो करना ही था।***

जब हम मम्मी का अंतिम संस्कार कर रहे थे तो मेरे मन में सवालों का बवंडर चल रहा था, कि अब जिंदगी जीनी कैसे है? मुझे माँ का प्यार कौन देगा, खाना कौन बनाकर खिलाएगा? मुझे प्यार कौन करेगा? तरह-तरह की बातें मेरे दिमाग पर हावी हो रहीं थी। पर जो करना था, वह तो करना ही था। इतने में मेरे डैडी को रोक दिया सबने कि आप नहीं जाओ (क्योंकि हमारे समाज में ऐसी परंपरा है कि जिन्हें दूसरी शादी करनी होती है, वह अपनी पत्नी के अंतिम संस्कार में नहीं जाते) और मेरे डैडी, "क्या फालतू की बात करते हो, मुझे मेरे बच्चों की माँ भी बनना है, बाप भी बनना है और यह सब छोड़कर मैं अपने बारे में सोचूँ?" आज मैं वह दिन याद करता हूँ तो मन भर जाता है कि डैडी ने इतना बड़ा बलिदान किया हमारे लिए। वह जानते थे कि बच्चे तो बड़े हो जाएँगे और अपनी नॉर्मल लाइफ में वापस चले जाएँगे तो उनके पास कौन होगा? बात करने को, खयाल रखने को, आखिर में वे तो अकेले हो जाएँगे।

यह एक बहुत बड़ा कर्ज रह गया हम सब बच्चों पर। माँ-बाप अपने बच्चों के लिए इतना कुछ कर जाते हैं कि इन सबमें वह खुद जीना भूल जाते हैं, सुख का आनंद नहीं ले पाते। जब मैं खुद बाप बना तो मुझे यह सब समझ आया कि यह वाकई एक कर्ज है, जिसे जीते जी चुकाना बहुत जरूरी है। मैं मानता हूँ, जितना स्नेह माँ-बाप अपने बच्चों को देते हैं, बुढ़ापे में उतना ही स्नेह बच्चों को भी उनको देना चाहिए, तभी यह बराबर होता है।

मम्मी के जाने के बाद सारा भार मेरी राजी दीदी पर आ गया। मीरा दीदी जॉब करती थी, ईश्वरी दीदी गाँव जाती थी जॉब पर। राजी दीदी को खाना बनाना, घर का काम करना बहुत अच्छा लगता था, इसलिए उन्होंने घर की सारी जिम्मेदारी अपने ऊपर ले ली और हमारे लिए भी फिर से सब बैलेंस करना बहुत जरूरी था।

मम्मी के जाने के बाद सारा भार मेरी राजी दीदी पर आ गया। मीरा दीदी जॉब करती थी, ईश्वरी दीदी गाँव जाती थी जॉब पर। राजी दीदी को खाना बनाना, घर का काम करना बहुत अच्छा लगता था, इसलिए उन्होंने घर की सारी जिम्मेदारी अपने ऊपर ले ली और हमारे लिए भी फिर से सब बैलेंस करना बहुत जरूरी था। काफी तकलीफें आईं हम पर, फिर से जिंदगी को ट्रैक पर लाने में और हम सभी भाई-बहनों ने मिलकर वह इतना बाखूबी निभाया। मेरी सारी बहनों ने जो कुछ किया पूरे घर के लिए, विश्वास कीजिए, हम कभी नहीं कर सकते। (पर माँ की जगह कोई नहीं ले सकता), डैडी भी बहुत कोशिश करते थे कि वे दोनों का रोल निभा सकें, पर कहीं-न-कहीं वह भी थोड़े टूटे हुए थे।

अध्याय-9

दिनचर्या-1983

मैं सुबह की पहली किरण से पहले उठता था, यानी 5 बजे। मुँह धोकर, ब्रश करके निकल पड़ता था बाहर डेयरी से दूध लेने। (सबसे बड़े वाले भाई तो 6 बजे जयपुर के लिए निकल जाते और नरेश भाई तो एकदम मस्त मौला, दुनिया इधर की उधर हो जाए, पर वह 8 बजे से पहले नहीं उठते थे तो फिर ड्यूटी किसके जिम्मे आई? राजा थारवानी के।) अगर पास वाली डेयरी पर दूध खत्म हो गया तो नीचे जाना पड़ता और अगर वहाँ भी खत्म हो जाता तो और आगे होली धड़ा तक जाना पड़ता। दूध लाकर दीदी को देता और स्कूल के लिए तैयार होने लगता, पैदल स्कूल जाता और पैदल ही आता। जितना जल्दी हो सके, अपना होमवर्क खत्म करता, खाना खाता और फिर से निकल पड़ता नरेश भाई का टिफिन लेकर डिग्गी बाजार की ओर। हाँ, यह बात अलग है कि वह रोज मुझे 1 रुपया देते थे (रिश्वत मान लो), क्योंकि वह खाना खाकर निकल जाते थे दोस्तों के साथ

अगर पास वाली डेयरी पर दूध खत्म हो गया तो नीचे जाना पड़ता और अगर वहाँ भी खत्म हो जाता तो और आगे होली धड़ा तक जाना पड़ता। दूध लाकर दीदी को देता और स्कूल के लिए तैयार होने लगता, पैदल स्कूल जाता और पैदल ही आता।

गपशप करने तो उतनी देर दुकान पर मुझे बैठने के पैसे मिलते थे। फिर मैं जाता था मेरे दोस्त प्रदीप गोयल के पास, वहाँ से आता करीब 5 बजे तक और शाम को जिस दिन पानी आता था, उस दिन मेरी मेहनत और बढ़ जाती थी, क्योंकि वह समय था, जब पानी गोल्ड और डायमंड से भी ज्यादा कीमती हुआ करता था। पानी की जबरदस्त किल्लत रहती थी। 6-7 दिन में एक बार पानी आता था तो सोचो, क्या हाल होते होंगे। फिर एक चाय के साथ ट्यूशंस पढ़ाना शुरू करता था और रात को अपनी पढ़ाई करता। दिन खत्म और फिर से यह लूप शुरू। कहीं से आराम करने की कोई भी गुंजाइश नहीं थी मुझे। सबके शूज पॉलिश भी मैं ही करता था। इतना टाइट शेड्यूल कि पता नहीं, कभी इन सबसे छुट्टी लेने की सोचता तो सब अस्त-व्यस्त हो जाता।

फिर मैं जाता था मेरे दोस्त प्रदीप गोयल के पास, वहाँ से आता करीब 5 बजे तक और शाम को जिस दिन पानी आता था, उस दिन मेरी मेहनत और बढ़ जाती थी, क्योंकि वह समय था, जब पानी गोल्ड और डायमंड से भी ज्यादा कीमती हुआ करता था। पानी की जबरदस्त किल्लत रहती थी। 6-7 दिन में एक बार पानी आता था तो सोचो, क्या हाल होते होंगे।

अध्याय-10

मैं और मेरी आदतें

उस समय (जब मैं 8वीं कक्षा में था) मैंने गाना गाना भी सीखा था और कई लोगों को यह जानकर हैरानी होगी कि मैंने स्कूल में हमेशा सिंगिंग में फर्स्ट प्राइज जीता था। Solo Singing Competition में मैंने अनूप जलोटा का भजन गाया हुआ है (जिसमें मुझे प्राइज मिला), "कभी-कभी भगवान् को भी भक्तों से काम पड़े। "और तो और गवर्नमेंट कॉलेज में मैंने म्यूजिकल नाइट में गाना गाया हुआ है।

और तो और गवर्नमेंट कॉलेज में मैंने म्यूजिकल नाइट में गाना गाया हुआ है। यह तो सुपारी की आदत मेरी सुरीली आवाज के रास्ते आ गई, वरना तो मैं आज कहाँ होता। आज किसी को भी यकीन नहीं होता कि मैं अपने जमाने का सिंगर रह चुका हूँ।

यह तो सुपारी की आदत मेरी सुरीली आवाज के रास्ते आ गई, वरना तो मैं आज कहाँ होता। आज किसी को भी यकीन नहीं होता कि मैं अपने जमाने का सिंगर रह चुका हूँ। यहाँ तक कि मेरे घरवालों को भी यकीन नहीं हुआ और एक दिन गुस्से में आकर मैंने अपने सारे सर्टिफिकेट फाड़कर फेंक दिए। अन्यथा इस किताब में जाने कितने सर्टिफिकेट मैं छपवा ही देता।

यह एक राज की बात है, जो मैं बता रहा हूँ कि मुझे मेरे एक दोस्त ने कहा, सुपारी छोड़ दे। और बस वह

टर्निंग पॉइंट आया कि मैंने सुपारी जीवन से त्याग दी। आज भी मैं उतनी विलपॉवर रखता हूँ। बस कहने वाले की बात में दम होना चाहिए, वह जज्बात होने चाहिए और बस मेरे जँच जाती है, कोई भी आदत यों ही छूट जाती है। जैसे मेरे अजीज दोस्त (नरेन) ने मुझे कहा था नॉन-वेज और बीयर छोड़ने को और बस वह दिन है और आज का दिन है, मैंने उस गली देखा भी नहीं। फिर आया वह समय, जो हर बच्चे का खौफ होता था और मान लो एक नाइटमेयर की तरह होता था—10th बोर्ड्स! उफ्फ्फ्फ, जैसे पूरी दुनिया पीछे पड़ जाती थी डराने के लिए कि बोर्ड्स है, फेल कर देते हैं, फलाना-फलाना; पर मेरी सिंगिंग मेरे लिए वह ट्विस्ट लेकर आई, जिसने मेरा दसवीं बोर्ड एकदम आसान कर दिया। दसवीं तक आते-आते मैं बहुत सारे प्राइजेज और अवार्ड्स जीत चुका था। मैम ब्यूला (मेरी साइंस टीचर), सर राजीव कश्यप (फिजिक्स टीचर), यह सब मुझे अच्छे मार्क्स देते थे, जब प्रैक्टिकल्स में मैं इन्हें गाना गाकर सुनाता था।

> ***आज भी मैं उतनी विलपॉवर रखता हूँ। बस कहने वाले की बात में दम होना चाहिए, वह जज्बात होने चाहिए और बस मेरे जँच जाती है, कोई भी आदत यों ही छूट जाती है। जैसे मेरे अजीज दोस्त (नरेन) ने मुझे कहा था नॉन-वेज और बीयर छोड़ने को और बस वह दिन है और आज का दिन है, मैंने उस गली देखा भी नहीं।***

हम वह लास्ट बैच थे, जिन्होंने 10+1+3 किया था। यानी हमने 11th के बाद सीधे कॉलेज ज्वॉइन किया था। उसके बाद अगले बैच से 12th शुरू हुई। 10th में अच्छे मार्क्स के साथ पास कर मैंने साइंस-मैथ्स ली। सब बड़े खुश थे। मेरे डैडी एक्स्ट्राऑर्डिनरी खुश थे, क्योंकि उनकी इच्छा थी कि मेरा एक बेटा तो इंजीनियरिंग करे! (बेटा तो

मेरे डैडी एक्स्ट्राऑर्डिनरी खुश थे, क्योंकि उनकी इच्छा थी कि मेरा एक बेटा तो इंजीनियरिंग करे! और जब कॉलेज चुनने की बारी आई तो मेरा कॉलेज आया जोधपुर में, पर मुझे इतनी होम सिकनेस थी, आज भी है कि अगर मैं कभी भी जयपुर या कहीं और जाता हूँ तो रात तक वापस आ ही जाता हूँ।

नहीं, पर उनकी पोती भूमिका जरूर इंजीनियर बन गई) और जब कॉलेज चुनने की बारी आई तो मेरा कॉलेज आया जोधपुर में, पर मुझे इतनी होम सिकनेस थी, आज भी है कि अगर मैं कभी भी जयपुर या कहीं और जाता हूँ तो रात तक वापस आ ही जाता हूँ।

इसी होम सिकनेस के कारण मैं जोधपुर नहीं गया था। आखिर अपने अजमेर को मैं कैसे छोड़कर जा सकता था। मेरी डेस्टिनी में तो कुछ और ही लिखा था। मुझे अजमेर के लोगों का भरपूर प्यार, अपनापन और इज्जत मिलनी लिखी हुई थी।

□

अध्याय–11

यह दोस्ती…हम नहीं तोड़ेंगे

दोस्ती—मेरी कामयाबी का रहस्य। मेरे इतने दोस्त रहे हैं कि आज अपनी जिंदगी के बीते लम्हों में देखता हूँ तो लगता है कि अगर उनमें एक भी दोस्त कम होता तो मेरी जिंदगी कितनी अधूरी होती। भले ही आज वक्त, बिजनेस और बिजी शेड्यूल ने हमें थोड़ा दूर कर दिया है, पर दोस्ती तो दिल से निभाई जाती है न, वहाँ दूरी आ ही नहीं सकती। शुरू से शुरू करूँ तो मेरे बचपन के दोस्त नंदलाल, घनश्याम, हरीश, मयंक, सुनील, आनंद, मोहन, दीपेश, सुचिनाथ, प्रदीप, राकेश, निशा, शालिनी, मोनिका, भारती, अनीता…यह लिस्ट है मेरे दोस्तों की। ऐसा एक भी दिन नहीं जाता था कि मैं इनसे नहीं मिलता था।

जिसमें से प्रदीप के घर तो मैं रोज 2-3 घंटे बैठता ही था। उसका भाई राकेश, जो अब IAS है (वह पढ़ाई में हम सब से बहुत तेज और इंटेलीजेंट था) और उनकी बहन शालिनी, मेरी बहुत अच्छी और टैलेंटेड दोस्त, हमारे घर में जितनी भी शादियाँ हुईं, सबमें शालिनी ने ही मेहँदी लगाई। हम सब साथ पढ़ते, खेलते और बहुत मजे करते थे। एक दिन मैं राजी दीदी से नाराज होकर घर छोड़कर चला गया। अरे! जब देखो तब खाने में बाल? हर दूसरे दिन कभी सब्जी में, कभी रोटी में, यहाँ तक कि कभी तो पापड़ में बाल आ जाता। यह भी कोई बात हुई भला? इनसान खाना खाएगा या बाल निकालता फिरेगा तो मैं उनसे झगड़ लिया बहुत बुरी तरह और डैडी मुझपर चिल्ला पड़े। बस इतने में तो मेरे गुस्से का पारा फट गया और मैं चला गया। जानते हो, कहाँ गया मैं? प्रदीप के घर (कोई हैरानी की बात नहीं)—अभी तो हँसी आ रही है मुझे, पर उस समय बहुत गुस्सा भरा हुआ था। इतना कि जब रूप भाईसाहब आए मुझे लेने तो मैंने मना कर दिया कि मैं नहीं आऊँगा और उस रात मैं प्रदीप के घर ही सोया। मुझे ही नहीं प्रदीप को भी यह किस्सा याद है अब तक। मेरे गुस्से ने सब पर छाप छोड़ी हुई थी, ऐसा लगता है। (वैरी इंपोर्टेंट—गुस्सा भी स्वास्थ्य के लिए हानिकारक है।)

एक दिन मैं राजी दीदी से नाराज होकर घर छोड़कर चला गया। अरे! जब देखो तब खाने में बाल? हर दूसरे दिन कभी सब्जी में, कभी रोटी में, यहाँ तक कि कभी तो पापड़ में बाल आ जाता। यह भी कोई बात हुई भला? इनसान खाना खाएगा या बाल निकालता फिरेगा तो मैं उनसे झगड़ लिया बहुत बुरी तरह और डैडी मुझपर चिल्ला पड़े।

□

अध्याय–12

ख़ुशियों की लड़ियाँ

1985—मेरे बोर्ड्स के दौरान ही मेरी सबसे बड़ी दीदी (मीरा दीदी) की शादी हो गई थी। मीरा दीदी हम सब भाई–बहनों में सबसे खूबसूरत, गोरा रंग, भूरी–भूरी आँखें और व्यवहार में एकदम बोल्ड इनसान थीं। दीदी हर संडे को एक नई डिश बनाकर खिलाती थीं, कभी मसाला–डोसा, कभी छोले–भठूरे, कभी पनीर—मेरे मुँह में अभी भी पानी आ गया।

मेरे अहमदाबाद वाले अंकल ने रिश्ता ढूँढ़ा, लड़का अच्छा था, दुबई में काम करता था, 4 घर थे, सब बढ़िया होते हुए भी मेरे डैडी इस रिश्ते से खुश नहीं थे। उनका इंट्यूशन था कि वह लड़का 6 बहनों में इकलौता भाई है तो मेरी दीदी पर कुछ ज्यादा ही जिम्मेदारियाँ आ जाएँगी। मेरी दीदी उस वक्त 27–28 साल की हो चुकी थीं तो प्रेशर इतना ज्यादा था कि सभी ने देर करना उचित नहीं समझा और 15 दिनों में

मेरे अहमदाबाद वाले अंकल ने रिश्ता ढूँढ़ा, लड़का अच्छा था, दुबई में काम करता था, 4 घर थे, सब बढ़िया होते हुए भी मेरे डैडी इस रिश्ते से खुश नहीं थे। उनका इंट्यूशन था कि वह लड़का 6 बहनों में इकलौता भाई है तो मेरी दीदी पर कुछ ज्यादा ही जिम्मेदारियाँ आ जाएँगी।

ही दीदी की शादी हो गई। पर वही हुआ जो डैडी ने कहा था, मेरी बहन ने बहुत तकलीफ पाई, उनको न इतनी खुशियाँ मिलीं, न ही ऐशो-आराम मिले, जिनकी वह हकदार थीं।

1987—नंबर आया मेरी दूसरी दीदी का—ईश्वरी दीदी। थोड़ी साँवली थीं, हम दादी को अकसर छेड़ते थे कि यह तो आप पर ही गई है। ईश्वरी दीदी सरकारी नौकरी में थीं, गाँव में उनकी पोस्टिंग थी, बहुत मेहनत करती थीं और जब भी उन्हें छुट्टी मिलती, वह घर में सबके काम में हाथ बँटाती थीं।

वह हिंदी सिनेमा की बहुत बड़ी फैन थीं। उनका फेवरेट एक्टर-अमिताभ बच्चन! और जो लड़का मेरे अंकल ने ढूँढ़ा था, वह स्मार्ट, अच्छी हाइट तो भई, मेरी दीदी को तो वह भा गए। पर वह लोग आर्थिक रूप से कमजोर थे, डैडी को थोड़ा शक हुआ कि कहीं यह दीदी की सरकारी नौकरी के पीछे तो रिश्ते के लिए हाँ नहीं कर रहे?

इनका रिश्ता भी मेरे अहमदाबाद वाले अंकल ने करवाया था। वह हम सबके बारे में बहुत सोचते थे। लड़का भी अहमदाबाद का ही था। उस समय, रिश्ता करने के लिए रंग-रूप का बहुत खेल चलता था। मेरी दीदी के साँवले रंग की वजह से कहीं ज्यादा बात बन नहीं रही थी।

वह हिंदी सिनेमा की बहुत बड़ी फैन थीं। उनका फेवरेट एक्टर-अमिताभ बच्चन! और जो लड़का मेरे अंकल ने ढूँढ़ा था, वह स्मार्ट, अच्छी हाइट तो भई, मेरी दीदी को तो वह भा गए। पर वह लोग आर्थिक रूप से कमजोर थे, डैडी को थोड़ा शक हुआ कि कहीं यह दीदी की सरकारी नौकरी के पीछे तो रिश्ते के लिए हाँ नहीं कर रहे? उन्होंने दीदी से कहा, "देख, यह सही नहीं है, यह तेरी जॉब की वजह से रिश्ता कर रहे है। मैंने मीरा को भी समझाया था, देख ले, वह परेशान है, तू ज्यादा

तकलीफ पाएगी, लड़का भी ठीक-ठाक ही पढ़ा हुआ है। मैं जानता हूँ, टाइम लग रहा है, पर हम और अच्छा रिश्ता ढूँढ़ लेंगे तेरे लिए।” पर जब दीदी को तो उनका अमिताभ बच्चन मिल गया था तो फिर डैडी क्या करते। रिश्ता पक्का हो गया, वह शादी हमारे परिवार के लिए अजब-गजब थी, क्योंकि वह शादी हमने छुपकर की थी। 1987 में जबरदस्त अकाल पड़ा था तो पूरे देश में आप कहीं भी कोई भी पार्टी या शादी नहीं कर सकते थे। यह नियम उस वक्त लागू हुआ था। तो ईश्वरी दीदी की शादी इतनी गोपनीय तरीके से हुई कि खाना कहीं और बन रहा था, खाया कहीं और जा रहा था।

मुझे आज भी याद है, उनकी सास ने मेरी दादी से कहा था, “आप चिंता नहीं करो, यह मेरी बहू नहीं बेटी है, हम इसका बहुत ध्यान रखेंगे।”

मेरी दादी तो यह सुनकर खुश हो गईं, पर पापा की चिंता कोई समझ नहीं पा रहा था। वह सिर्फ एक डायलॉग था, जो दीदी की सास ने बोला था, असल में तो डैडी के इंट्यूशंस ही सच निकले। दीदी अब हमारे बीच नहीं रहीं। जो-जो डैडी ने कहा था, वही हुआ, वे लोग दीदी की जॉब के पीछे ही थे और वह छुड़वा भी दी उन्होंने, हमें पता भी नहीं चलने दिया और न जाने किस-किस तरह से परेशान किया था।

पर जब दीदी को तो उनका अमिताभ बच्चन मिल गया था तो फिर डैडी क्या करते। रिश्ता पक्का हो गया, वह शादी हमारे परिवार के लिए अजब-गजब थी, क्योंकि वह शादी हमने छुपकर की थी। 1987 में जबरदस्त अकाल पड़ा था तो पूरे देश में आप कहीं भी कोई भी पार्टी या शादी नहीं कर सकते थे।

कभी कुछ भी गलत होने वाला होता है तो मेरी बाईं आँख फड़क जाती है, कुछ तो अजीब मुझे लग ही रहा था और एक रात फोन आता

है। दीदी की तबीयत बहुत खराब है, हम तीनों भाई तुरंत चल पड़े दीदी से मिलने, रास्ते में करीब 1.30 बजे फोन दोबारा आता है, मैं सो रहा था और सुबह जब मुझे चाय भी नहीं पीने दी, साल था 1996 और जिंदगी का एक और काला दिन।

1988—डबल सेलिब्रेशन, मेरे बड़े भाईसाहब और राजी दीदी की शादी हमने एक साथ की। राजी दीदी की इच्छा थी कि उनका जीवनसाथी एक सफल बिजनेसमैन हो और संयोग तो देखिए, भीष्म जीजाजी बिल्कुल फिट बैठे। जब रूप भाईसाहब के लिए लड़की देखने की बारी आई, उनके अरमान थे कि लड़की गोरी हो, लंबे बाल हों और ग्रैजुएट हो।

उसके बाद मैं उनके ससुराल वालों से फिर कभी नहीं मिला और न ही किसी को मिलने दिया, न अजमेर आने दिया।

We miss you Didi...We miss you too much...

1988—डबल सेलिब्रेशन, मेरे बड़े भाईसाहब और राजी दीदी की शादी हमने एक साथ की। राजी दीदी की इच्छा थी कि उनका जीवनसाथी एक सफल बिजनेसमैन हो और संयोग तो देखिए, भीष्म जीजाजी बिल्कुल फिट बैठे। जब रूप भाईसाहब के लिए लड़की देखने की बारी आई, उनके अरमान थे कि लड़की गोरी हो, लंबे बाल हों और ग्रैजुएट हो। आप मानेंगे नहीं, मेरे अहमदाबाद वाले अंकल ने वैसी ही लड़की उनके लिए ढूँढ़ ली। जब डैडी उन्हें देखने गए तो बड़े खुश हुए। दादी ने पूछा कि लड़की कैसी है तो कहते हैं, "अम्मा, एक लड़की जा रही है और वैसी ही चुलबुली लड़की आ रही है।" डैडी और उनकी परिपक्वता का स्तर हम आज भी मैच नहीं कर सकते। कभी-कभी तो उनसे ईर्ष्या हो जाती है कि हमें वैसी समझ विरासत में क्यों नहीं मिली?

और फिर 23 दिसंबर, 1988 को मैंने मेरी प्यारी राजी दीदी को विदा किया और प्यारी सी सुनीता भाभी का स्वागत किया।

1991—मोहिनी दीदी की बारी आती है।

डैडी के जाने से पहले, मोहिनी दीदी का रिश्ता नारायण जीजाजी से पक्का हो चुका था। वे MNC में इंजीनियर हैं। हम सब डैडी के ठीक होने का इंतजार कर रहे थे, तब तक कहाँ पता था कि वह इंतजार कभी खत्म ही नहीं होगा और अक्तूबर से उस कठिन समय से हम निकले ही थे कि दीदी के ससुराल वालों ने बोला कि शादी जल्दी कर दी जाए। सैल्यूट टू माय डैडी, जिन्होंने जाने से पहले सारी तैयारी कर रखी थी और 3 महीने बाद ही हमने अपनी जान से भी प्यारी मोहिनी दीदी की शादी करवाई। इस शादी का काफी भार मुझ पर था, क्योंकि बाकी सब व्यस्त थे और मुझे जो बचपन से सब चीजों को जानने की शिक्षा मिली अपने मम्मी-डैडी से, वह काम आई। शादी का काफी काम मैंने देखा और सब भाई-बहनों ने मिलकर खुशी-खुशी दीदी को विदा किया।

और फिर 23 दिसंबर, 1988 को मैंने मेरी प्यारी राजी दीदी को विदा किया और प्यारी सी सुनीता भाभी का स्वागत किया। 1991—मोहिनी दीदी की बारी आती है। डैडी के जाने से पहले, मोहिनी दीदी का रिश्ता नारायण जीजाजी से पक्का हो चुका था।

अब साहब घर में बचे मैं और नरेश भाई। कितनी विचित्र बात है न, मम्मी के जाने के 10 साल के अंदर-अंदर, घर की क्या हालत हो गई थी!

बहनों की शादी हो गई, भाईसाहब की शादी हो गई, डैडी चले गए, कितना कुछ बीत चुका था।

An Interesting Love Marriage

सबसे गजब कहानी है नरेश भाई की, हमारे घर की पहली लव मैरिज!

मैंने बताया न कि जब भी मैं नरेश भाई के लिए खाना लेकर जाता था और वह मुझे शॉप पर बिठाकर चले जाते थे घूमने-फिरने, बहुत-बहुत शरारती थे वह। घूमते-फिरते उन्होंने अपने लिए लड़की भी पसंद कर ली, वह कन्या बड़े प्यार से कचौरी खाने आई थी और यह अपना दिल दे बैठे उन्हें। उस जमाने में यों देखकर ही प्यार हो जाता था, बात करने की हिम्मत किसे होती थी? अब नरेश भाई को न तो उसका नाम पता, न ही घर का पता।

मैंने बताया न कि जब भी मैं नरेश भाई के लिए खाना लेकर जाता था और वह मुझे शॉप पर बिठाकर चले जाते थे घूमने-फिरने, बहुत-बहुत शरारती थे वह। घूमते-फिरते उन्होंने अपने लिए लड़की भी पसंद कर ली, वह कन्या बड़े प्यार से कचौरी खाने आई थी और यह अपना दिल दे बैठे उन्हें।

तो उन्होंने कला आंटी (वह मैरिज ब्यूरो चलाती थीं) को जाकर अपने दिल का हाल बता दिया। इस लव स्टोरी की कोई शुरुआत नहीं और कोई छोर नहीं, पर कला आंटी ने जैसे-तैसे करके उस लड़की का पता लगा लिया। वह लड़की हैं—जानू भाभी।

पहले तो उनके घरवाले नहीं माने, क्योंकि उनमें उम्र का अंतर काफी ज्यादा था, करीब 7-8 साल का और दूसरा कि वह तैयार नहीं थे, क्योंकि जानू भाभी बहुत यंग थीं।

वह माने नहीं तो क्या हुआ, अपने नरेश भाई भी कम नहीं थे। जिद पर अड़ गए कि शादी करूँगा तो इसी से करूँगा। फिर क्या था, जानू भाभी की फैमिली मान गई। कला आंटी ने मना लिया था सबको और

लव को अरेंज किया हमने। नरेश भाई की शादी भी क्या शादी थी। डैडी हम तीनों भाइयों के लिए बराबर-बराबर संपत्ति छोड़कर गए थे। नरेश भाई अपनी शादी से इतने खुश थे कि उन्होंने अपना हिस्सा पूरा-का-पूरा अपनी शादी में उड़ा दिया।

हमने तैयारी शुरू की। शादी के लिए वह जगह बुक की, जो हमारे लिए थोड़ा मुश्किल थी। प्रभात सिनेमा के पास एक माहेश्वरी मैरिज हॉल था, हम तो सिंधी हैं तो वह जगह हमें मिलना असंभव ही था समझो, पर असंभव कामों को संभव करने में ही तो ज्यादा मजा है और रास्ते कहीं-न-कहीं बन ही जाते हैं।

हमने तैयारी शुरू की। शादी के लिए वह जगह बुक की, जो हमारे लिए थोड़ा मुश्किल थी। प्रभात सिनेमा के पास एक माहेश्वरी मैरिज हॉल था, हम तो सिंधी हैं तो वह जगह हमें मिलना असंभव ही था समझो, पर असंभव कामों को संभव करने में ही तो ज्यादा मजा है और रास्ते कहीं-न-कहीं बन ही जाते हैं।

मेरा एक स्टूडेंट जो माहेश्वरी था, उसके पिताजी वहाँ के सचिव थे, तो उन्होंने वह बुक कर दिया। अब क्योंकि नरेश भाईसाहब को शादी बड़ी धूमधाम, फुल टशन के साथ करनी थी तो कोई भी कमी कैसे रह जाती। उस जमाने में क्रीम हाउस करके पूरा टेंट और डेकोरेशन होता था (उस जमाने का सबसे महँगा सौदा), क्योंकि बाकी सब तो वही लाल पीले टेंट लगवाते थे।

तो वह हमने खुद के खर्चे से करवाया और जोरदार शादी हुई, फरवरी 1992, नरेश भाई का घर बस गया। बड़े मजे आए। जानू भाभी हमारा इतना ध्यान रखतीं कि मान लो अगर मैंने कोई काम सुबह कह दिया तो शाम को ऑफिस से आते वक्त वह काम हो जाता। अगर उन्होंने कोई काम मुझे बोला तो समझो हाथों हाथ हो जाता।

यह रिश्ता मेरे जीवन का हिस्सा बन जाएगा, उस वक्त तो भगवान् ने भी नहीं सोचा होगा, या फिर सोचा ही होगा तभी तो, जानू भाभी के भाई, प्रकाश लालचंदानी (मेरा अपना पिकू) मुझे मिला…कब? कैसे? क्या हुआ? आगे पढ़ते जाओ, बताता हूँ।

□

अध्याय-13

पापा और मेरा रूहानी रिश्ता

1988 के बाद डैडी की तबीयत ज्यादा खराब रहने लगी। उन्हें शुगर भी हो गई थी। उन्हें पहले से ही बहुत हेल्थ प्रॉब्लम्स थीं। 1977, जब हम रतलाम में रहते थे, डैडी को तब से ही ब्लड प्रेशर की प्रॉब्लम शुरू हो गई थी। जहाँ लोगों का बी.पी. रहता है 80-120, वहीं उनका रहता था, 120-200। तो डॉक्टर ने बोला, "यह आपकी किडनी पर असर कर रहा है। तो बेहतर है कि किडनी निकाल देते हैं।" फिर मुंबई में मेरे मामाजी के सुझाव और मार्गदर्शन में हमने डैडी का ऑपरेशन करा दिया और तब हमें पता लगा (दरअसल बहुत बड़ा शॉक लगा) कि उनकी किडनी बिल्कुल ठीक थी! डॉक्टर के गलत डाइग्नोसिस की वजह से वह ऑपरेशन हुआ। मेरे मामाजी के एक बेटे वहाँ के सीनियर डॉक्टर थे और हमें उन्हीं से पता चला, जब हमारे जोर देने पर उन्होंने किडनी का क्रॉस सेक्शन करवाया और बताया कि किडनी बिल्कुल स्वस्थ थी। तब से डैडी एक ही किडनी पर थे। डॉक्टर का कहना था कि एक किडनी पर एक इनसान 10 साल से ज्यादा जिंदा नहीं रह सकता। तो डैडी का काउंटडाउन शुरू हो चुका था। 1977 से जब तक वे थे, उन्हें

हम सब भाई-बहनों की शादी करवानी थी, हर बच्चे का भविष्य सेट करना था। मुझे लगता है, एक किडनी पर इतना प्रेशर कुछ ज्यादा नहीं था? '89 तक आते-आते काफी कुछ सुलझ चुका था उनकी जिंदगी में।

तीन बेटियों की शादी हो चुकी थी, बड़े बेटे का भी घर बस गया था, सरकारी नौकरी थी, नरेश भाई का अच्छा व्यापार था तो शादी में कोई दिक्कत नहीं आएगी, मोहिनी दीदी की शादी के लिए उन्होंने काफी पैसे जमा कर लिये थे तो एक तरह से वह काफी निश्चिंत थे। अब बचा तो सिर्फ मैं (सबसे छोटा सबसे बदमाश), उन्हें मेरी बहुत फिक्र होती थी कि यह 19-20 साल का गुस्सैल, जिद्दी लड़का क्या करेगा अपनी जिंदगी में। हमेशा कहते रहते कि तू कोई जॉब कर ले, सेटल हो जा तो फिर तेरी भी शादी की चिंता नहीं रहेगी। हालाँकि मैं ट्यूशंस लेता था उस वक्त, पर वह मेरा व्यवसाय नहीं था। मैं डैडी को कहता था कि मैं कोई ऐसी-वैसी जॉब नहीं करूँगा। डैडी काफी बीमार रहने लगे और मेरा उनके पास रहना ज्यादा जरूरी था। मुझे याद है, मैं उनको ऑफिस छोड़ने और लेने जाया करता था। हमारे पास लूना बाइक थी उस समय और घर हमारा थोड़ी चढ़ाई पर था। जब हम घर लौटते तो गाड़ी में इतनी क्षमता नहीं होती थी कि वह दोनों का भार उठाकर चढ़ सके तो मैं डैडी को बिठाकर खुद पैदल-पैदल उन्हें घर तक लेकर आता था। ऐसा मैंने करीब-करीब 8-10 महीने तक किया होगा। उनकी तबीयत

तीन बेटियों की शादी हो चुकी थी, बड़े बेटे का भी घर बस गया था, सरकारी नौकरी थी, नरेश भाई का अच्छा व्यापार था तो शादी में कोई दिक्कत नहीं आएगी, मोहिनी दीदी की शादी के लिए उन्होंने काफी पैसे जमा कर लिये थे तो एक तरह से वह काफी निश्चिंत थे।

बिगड़ती गई, तकलीफें बढ़ती गईं, वह अस्पताल में भरती भी हुए और आधे से भी कम समय घर पर रहते थे। उनका हीमोग्लोबिन कम हो गया था (10 से सीधा 6 पहुँच गया)।

ग्रेजुएशन के बाद मैंने PTET की परीक्षा भी दी थी और वहाँ भी मैं सिलेक्ट हो गया। फिर मैंने मेरी जिंदगी का पहला MR का इंटरव्यू दिया—1 अक्तूबर, 1990, Brown & Berks करके एक कंपनी थी। मैंने तीनों राउंड प्रथम प्रयास में पास कर लिये थे, पर वहाँ भी ट्विस्ट यह आया कि उन्होंने मुझे जयपुर ऑफिस के लिए सिलेक्ट कर लिया। आप तो जानते ही हैं मेरी होम सिकनेस। ऊपर से डैडी की तबीयत भी खराब, मैं तो किसी हाल में नहीं जा सकता था। पर वह मुझे अजमेर पोस्टिंग देने के लिए माने नहीं। मैंने उनको अपना PP नंबर दिया—24612 (दो दर्जन, आधा दर्जन और एक दर्जन) और मैं वापस आ गया। मैंने डैडी को बताया। उन्होंने मुझे गुस्से से देखा, "अरे, जॉब वैसे ही नहीं मिल रही और तू ऑफर छोड़कर आ गया?" जो बाप-बेटे की नोक-झोंक होती है, वह होना लाजमी था। आज के जमाने में भी पिता और बेटे की सोच नहीं मिलती। यह एक चीज है, जो सदियों से नहीं बदली, चाहे वक्त कितना ही बदले पर पिता, पिता ही रहेंगे और बेटा, बेटा ही रहेगा। 2 अक्तूबर को मेरे डैडी से उनके डिप्टी चीफ मिलने आए और उन्होंने सलाह दी, "थारवानी जी मुझे

उन्होंने मुझे गुस्से से देखा, "अरे, जॉब वैसे ही नहीं मिल रही और तू ऑफर छोड़कर आ गया?" जो बाप-बेटे की नोक-झोंक होती है, वह होना लाजमी था। आज के जमाने में भी पिता और बेटे की सोच नहीं मिलती। यह एक चीज है, जो सदियों से नहीं बदली, चाहे वक्त कितना ही बदले पर पिता, पिता ही रहेंगे और बेटा, बेटा ही रहेगा।

लगता है, आप रिज्यूम नहीं कर पाएँगे तो बेहतर है, आप मेडिकली अनफिट हो जाइए और आपकी जॉब आपके लड़के को मिल जाएगी।" मेरे डैडी को मेरी चिंता तो थी ही, पर साथ में उनकी विल पावर भी इतनी स्ट्रॉन्ग थी कि अंत तक उन्हें यह लगता था कि वह बिल्कुल ठीक हो जाएँगे और जॉब वापस रिज्यूम कर लेंगे। उनके आखिरी दिनों में मुझे और मोहिनी दीदी को यह सौभाग्य मिला कि हम डैडी की सेवा कर सके। रोज का हमारा यह रूटीन होता था, सुबह-सुबह चाय ले जाना, बाम लगा के पैरों की मालिश करना, फिर पैर दबाना और जितनी दुआएँ हमें मिलीं, उतनी शायद किसी को नहीं मिली होंगी। वह बोलते रहते थे कि देखना, तुम बहुत सुखी रहोगे, बहुत तरक्की करोगे। जब उनका हीमोग्लोबिन 6 पहुँच गया तो उनको ब्लड चढ़ाना शुरू किया। एक यूनिट मेरे भाईसाहब ने दिया, एक यूनिट नरेश भाई ने दिया, मोहिनी दीदी को भी एक यूनिट देना पड़ा और जब मेरी बारी आई तो पता पड़ा कि मेरा हीमोग्लोबिन 7 ही है। डॉक्टर बोले, अगर इनका एक यूनिट निकाल लिया तो दो यूनिट चढ़ाना पड़ जाएगा और डैडी बोलते थे कि "देखा, कहा था न कि सुपारी मत खा इतनी।"

मेरे डैडी को मेरी चिंता तो थी ही, पर साथ में उनकी विल पावर भी इतनी स्ट्रॉन्ग थी कि अंत तक उन्हें यह लगता था कि वह बिल्कुल ठीक हो जाएँगे और जॉब वापस रिज्यूम कर लेंगे। उनके आखिरी दिनों में मुझे और मोहिनी दीदी को यह सौभाग्य मिला कि हम डैडी की सेवा कर सके।

10 अक्तूबर को सुबह जब डॉक्टर राउंड पर आए, डैडी बोले, "मेरी तबीयत ठीक क्यों नहीं हो पा रही है?" तो वे बोले, "अब आपकी तबीयत ठीक होगी भी नहीं, आपको इतनी प्रोब्लम्स हैं, बेहतर है, आपके जो भी अधूरे काम हैं, आप उन्हें कर लो।" मेरे डैडी उनकी यह बात

सुनकर हैरान-परेशान हो गए कि डॉक्टर ने उन्हें ऐसा क्यों बोला, जरूर उन्हें कोई ऐसी बीमारी हुई है, जो ठीक नहीं हो सकती। सुबह कही हुई वह बात डैडी के दिमाग में घूमती रही और कहते हैं न, वहम का कोई इलाज नहीं होता तो हमारे कितने भी समझाने पर वह कहाँ मानने वाले थे! 11 अक्तूबर, 1990 को शाम होते-होते उनकी शक्ल बदल गई थी और वह बेहोश हो गए थे। 7-8 बजे मेरी मौसी उनसे मिलने आईं तो उन्होंने मेरी दादी को बोला कि अब संभावना नहीं है, बेहतर है, इनके हाथ से जितना दान करवा सकते हैं, करवा लो। यह इशारे में कही हुई बात हम बच्चों को समझ ही नहीं आई कि हमारे डैडी जा रहे हैं और यह सब क्या हो रहा है। मेरी जेब में उस वक्त मात्र 20 रुपए थे तो दादी बोली, "कुछ पैसे हैं?" "हाँ 20 रुपए हैं, क्यों क्या हुआ?" (मुझे तब भी समझ नहीं आया कि माजरा क्या है) वह बोली, "जितने भी हैं, डैडी के हाथ में रख और कल यह पैसे दान कर देना।" तब तक मेरे दोनों भाइयों को समझ आ चुका था, पर फ्रैंकली मुझे तो कुछ भी समझ नहीं आया। जब तक मुझे यह एहसास होता, वे जा चुके थे और मैं शून्य हो चुका था फिर से।

सुबह कही हुई वह बात डैडी के दिमाग में घूमती रही और कहते हैं न, वहम का कोई इलाज नहीं होता तो हमारे कितने भी समझाने पर वह कहाँ मानने वाले थे! 11 अक्तूबर, 1990 को शाम होते-होते उनकी शक्ल बदल गई थी और वह बेहोश हो गए थे।

मेरे दिल के करीब डैडी

इनसान टूटकर के भी कितना बिखर सकता है, इसकी कोई सीमा क्यों नहीं होती? इसका भी एक पैमाना होना चाहिए। क्यों मेरे

ही अपने मुझे इस तरह एक-एक कर छोड़कर जा रहे थे? मैंने तो अभी जिंदगी का असली मतलब क्या होता है, वह भी नहीं जाना था। माँ गईं, तब जमीन से भी नहीं उगा था और जब पिता के कंधे से कंधा मिलाने की बारी आई तो वह कंधा भी मुझसे छीन लिया गया। मेरे साथ ही ऐसा क्यों हुआ? मैं सबसे छोटा, छोटा ही रह गया फिर से। पहले हाथ से आँचल बिछड़ गया और फिर सिर से साया। भगवान् ने मेरी जिंदगी में ये कौन से रंग भर रखे थे कि हर थोड़े-थोड़े समय के अंतराल में सब फीका पड़ जाता। क्या सब कुछ मुझे अकेले ही करना था? क्या जिंदगी यह सिखाना चाहती है? नहीं मैं तैयार नहीं हूँ, मुझे बड़ा तो होने दो, कुछ सोचने-समझने की क्षमता तो लाने दो, कुछ समय तो दो।

माँ गईं, तब जमीन से भी नहीं उगा था और जब पिता के कंधे से कंधा मिलाने की बारी आई तो वह कंधा भी मुझसे छीन लिया गया। मेरे साथ ही ऐसा क्यों हुआ? मैं सबसे छोटा, छोटा ही रह गया फिर से। पहले हाथ से आँचल बिछड़ गया और फिर सिर से साया।

□

अध्याय-14

मेरी जिंदगी रेल की पटरी पर

1990—मेरे डैडी ने रेलवे के डिप्टी चीफ की सलाह मानते हुए अंत में सबके कहने पर वह फॉर्म भर दिया। एप्लीकेशन में लिखा था, “because doctor has advised me, that I'm medically unfit to resume my job. So I want the management to retire me so that one of my ward should get the job.”

डैडी के ऑफिस में ही एक सीनियर सेक्शन ऑफिसर थे। मैं बोलना नहीं चाहता, पर जिस इनसान की नीयत ही खराब हो, उसके लिए मैं क्या ही लिखूँ। हमने उस असमंजस में फॉर्म जमा तो कर दिया था, पर उन्होंने उस एप्लीकेशन में से यह लास्ट की लाइन—“ one of my ward ” काट दिया था। मैंने बोला, “सर, यह क्या कर रहे हो? यह लाइन तो मेन है, यह क्यों काट रहे हो आप?” तो वे बोले, “लोग सोचेंगे कि यह जॉब पाने के लिए आप अपने पापा को मेडिकली अनफिट बता रहे हो।” मुझे गुस्सा आया। मैंने

डैडी के ऑफिस में ही एक सीनियर सेक्शन ऑफिसर थे। मैं बोलना नहीं चाहता, पर जिस इनसान की नीयत ही खराब हो, उसके लिए मैं क्या ही लिखूँ। हमने उस असमंजस में फॉर्म जमा तो कर दिया था, पर उन्होंने उस एप्लीकेशन में से यह लास्ट की लाइन—“one of my ward” काट दिया था।

कहा, "सर, मेरा बी.एड. में सिलेक्शन हो चुका, MR का इंटरव्यू भी क्लियर कर चुका हूँ, उसका ऑफर लेटर भी है मेरे पास और दुबई का भी एक बेहतरीन ऑफर आया हुआ है, इसलिए मुझे इस जॉब का कोई लालच नहीं है और मुझे रेलवे की जॉब में कोई इंटरेस्ट भी नहीं है। मैं यह फॉर्म सिर्फ अपने डैडी के लिए भर रहा हूँ।" उन्होंने फिर भी वह लाइन काट दी और एप्लीकेशन आगे भेज दी।

माता रानी का तहे दिल से धन्यवाद कि उनके रूप में हमें सीनियर एकाउंट्स ऑफिसर मिले, वे आए और उन्होंने बात सँभाल ली। फ्रैंकली, मुझे अपने भविष्य की कभी चिंता ही नहीं हुई। मैं मस्त-मौला था कि कुछ-न-कुछ तो कर ही लूँगा अपनी जिंदगी में। मेरे डैडी भी अकसर बोलते थे, "तू फिक्र मत कर, अगर तुझे जॉब नहीं मिली न तो अपन कोई बिजनेस खोल लेंगे, पर कैश काउंटर पर तो मैं ही बैठूँगा।" डैडी को अपने बच्चों पर पूरा भरोसा था। पर जिंदगी का भरोसा किसे होता है? वह तो बोलकर चले गए और मैं 20 साल का जवान टूटकर बिखर चुका था। अब कॅरियर की नहीं, मुझे तो मेरी जिंदगी ही कहीं नजर नहीं आ रही थी। तब तक मैंने रेलवे की जॉब ज्वॉइन नहीं की थी। अभी-अभी तो मैंने डैडी को जाते हुए देखा था, अभी कैसे उनकी ही कुर्सी पर बैठ जाता? वक्त बीतता गया और मैं अब भी एक फैसले पर नहीं पहुँच पाया। फरवरी 1991 में मोहिनी दीदी की शादी करवाने के बाद, मेरा मन बस उठ सा गया था। रेलवे में जब आप नौकरी पाते हो, तब भी आपको एक एंट्रेंस एग्जाम देना होता है और फिर इंटरव्यू भी देना होता है। मैंने वह एग्जाम तो दे ही दिया था, मुझे याद है, उसमें मैथ्स का एक सवाल गलत था। मैंने वहाँ ऑफिसर को बताया तो पहले तो वह बड़ी अकड़ में रहे कि कल का आया हुआ लड़का हमें बताएगा कि प्रश्न ही गलत है? फिर मैंने भी अपनी इंटेलिजेंस बताई कि सर एरथेमैटिक्स में मैं मास्टर हूँ, ट्यूशंस लेता हूँ, मुझे मालूम है कि यह प्रश्न गलत है। मेरा कॉन्फिडेंस देखकर

माता रानी का तहे दिल से धन्यवाद कि उनके रूप में हमें सीनियर एकाउंट्स ऑफिसर मिले, वे आए और उन्होंने बात सँभाल ली। फ्रैंकली, मुझे अपने भविष्य की कभी चिंता ही नहीं हुई। मैं मस्त-मौला था कि कुछ-न-कुछ तो कर ही लूँगा अपनी जिंदगी में।

तो वे भी हिल गए, उन्होंने चेक किया तो वाकई प्रश्न गलत कॉपी हुआ था। बस फिर क्या था, मुझे फुल मार्क्स मिले और इंटरव्यू भी मैंने क्लियर कर दिया था। पर कहीं-न-कहीं मन खराब हो रहा था।

उन्होंने जैसे ही बोला कि सब बढ़िया है, आप कल से ज्वॉइन कर लो, मेडिकल करवा लो। मुझे वे शब्द ऐसी बेड़ियों से लगे, जिससे से मैं कभी छूट ही नहीं पाऊँगा। ऐसे खयाल आ रहे थे मुझे कि मैं फँस गया हूँ। बस फिर क्या था, सब छोड़-छाड़कर मैं मुंबई अपने मामाजी के पास चला गया। सपने तो बहुत बड़े-बड़े देखकर गया था मैं कि मामाजी के पास मौज से रहूँगा और बढ़िया काम भी सीख लूँगा उनसे और शायद इस बीच मेरे जीवन का खालीपन भी थोड़ा कम हो जाएगा, पर किस्मत में अभी और इम्तिहान देने बाकी थे। मैं जितनी उत्सुकता से वहाँ गया था, उतनी ही निराशा से भर गया। मेरे मामाजी के बेटे, मेरे भाईसाहब, मुझसे बड़े प्यार से कहते थे कि तुम्हें जॉब पर लगाते हैं। यह सुनकर ही मैं अचंभे में आ गया कि क्या बोल रहे हैं और फिर दूसरे ही पल मुझे समझ आ गया कि इन्होंने मुझे दिल से नहीं अपनाया है, दिमाग से अपनाया है। तब एहसास हुआ कि सिर से छत छिन जाने का मतलब क्या होता है। कोई नहीं होता सही-गलत बताने वाला, अच्छा-बुरा समझाने वाला। मेरे साथ जो हुआ, वह मेरा सबसे कठिन समय जरूर था, पर मैं कहीं से भी भाईसाहब की कही बात को गलत नहीं मानता।

उन्होंने जैसे ही बोला कि सब बढ़िया है, आप कल से ज्वॉइन कर लो, मेडिकल करवा लो। मुझे वे शब्द ऐसी बेड़ियों से लगे, जिससे से मैं कभी छूट ही नहीं पाऊँगा। ऐसे खयाल आ रहे थे मुझे कि मैं फँस गया हूँ। बस फिर क्या था, सब छोड़-छाड़कर मैं मुंबई अपने मामाजी के पास चला गया।

जिंदगी में जब आपकी परिस्थितियाँ बदलती हैं तो लोगों का बदलना बहुत स्वाभाविक सी बात है और प्यार अपनी जगह, व्यापार अपनी जगह, काम अपनी जगह, रिश्ता अपनी जगह। इतना ट्रांसपेरेंट तो होना चाहिए लोगों को रिश्तों में, ताकि एक अनुशासन बरकरार रहे। उलटा मैं तो उनका शुक्रिया करूँगा कि उन्होंने मुझे इसकी समझ दी कि वाकई काम कैसे होता है। मैंने वहाँ 'ज्वॉइन' कर लिया, पर किस सेक्शन में मुझे काम करना था, वे डिसाइड नहीं कर पाए। अकाउंट्स तो मुझे आता ही नहीं था (आज भी नहीं आता) तो सारा दिन वहाँ कोई काम ही नहीं होता था, मैं बैठा रहता था। तो ऐसे ही एक दिन कोई कस्टमर आया तो मैंने ज्वेलरी दिखाना शुरू किया। बोलने में थोड़ा होशियार तो था ही तो मामाजी ने मुझे सेल्स में रख लिया। शुरू के 2-3 दिन तो वह मुझे अपने घर लेकर गए, उन्हीं की कार से शोरूम लेकर आते थे, रात को उन्हीं की कार में जाते थे और फिर शुरू हुआ मेरा स्ट्रगल, जो मैंने कभी सपने में भी नहीं सोचा होगा, मामाजी बोलते हैं, "सुन, मैंने तेरा बिस्तर वगैरह वह सामने वाले सिल्वर का शोरूम है, उसके तीसरे फ्लोर पर लगवा दिया है, तुझे आज से वहाँ जाकर ही सोना है।"

जिंदगी में जब आपकी परिस्थितियाँ बदलती हैं तो लोगों का बदलना बहुत स्वाभाविक सी बात है और प्यार अपनी जगह, व्यापार अपनी जगह, काम अपनी जगह, रिश्ता अपनी जगह। इतना ट्रांसपेरेंट तो होना चाहिए लोगों को रिश्तों में, ताकि एक अनुशासन बरकरार रहे। उलटा मैं तो उनका शुक्रिया करूँगा कि उन्होंने मुझे इसकी समझ दी कि वाकई काम कैसे होता है। मैंने वहाँ 'ज्वॉइन' कर लिया, पर किस सेक्शन में मुझे काम करना था, वे डिसाइड नहीं कर पाए।

मुझे बहुत बड़ा झटका लगा कि कैसे रिश्तेदार हैं? शुरू-शुरू में बस मुझे सैटल करने के लिए घर लेकर गए और फिर यहाँ छोड़ दिया? मैंने पास में भगत ताराचंद के नाम से एक ढाबा था, वहाँ पर खाना खाया। जब वॉशरूम जाने लगा तो देखा टॉयलेट का सिस्टर्न ही नहीं चल रहा था। मैं उस रात इतना रोया, इतना रोया कि आँसू खत्म हो गए थे, पर दर्द खत्म नहीं हो रहा था। उस वक्त मुझे रिश्तेदारों का असली मतलब समझ आ गया। मैं सो तो गया वहाँ, पर मेरा मन, डर और घबराहट से भर गया था। करीब डेढ़-दो घंटे तक मुझे नींद नहीं आई,

बहुत-बहुत तकलीफ बरदाश्त की मैंने। सोते-सोते मैं यही सोच रहा था कि इनके यहाँ क्या कमी है, जो मुझे इस तरह रखने की जरूरत पड़ी? मैंने क्या सपने देखे थे और यह सब क्या हो रहा है मेरे साथ? मामाजी की लाइफस्टाइल से मैं बहुत प्रभावित था और उन्हें देखकर ही मैंने मन में ठान लिया था कि मुझे भी इनके जैसा ही अमीर, पैसेवाला बनना है। तब मैंने भी खुद को उस आग में झोंक दिया।

मैं सुबह 8 बजे उठता, तैयार होता और काम पर जाने के लिए बिल्कुल तैयार! पर समस्या यह कि गोल्ड शोरूम पर तो सब 11 बजे तक आते हैं और सिल्वर शोरूम पर 10 बजे तक, तो मैं इतनी जल्दी तैयार होकर कहाँ जाऊँ? तब मैं भी सैर सपाटे पर निकल पड़ता। वहाँ एक रेस्टोरेंट हुआ करता था 'रसना'।

दिनचर्या-मुंबई 1991

मैं सुबह 8 बजे उठता, तैयार होता और काम पर जाने के लिए बिल्कुल तैयार! पर समस्या यह कि गोल्ड शोरूम पर तो सब 11 बजे तक आते हैं और सिल्वर शोरूम पर 10 बजे तक, तो मैं इतनी जल्दी तैयार होकर कहाँ जाऊँ? तब मैं भी सैर सपाटे पर निकल पड़ता। वहाँ एक रेस्टोरेंट हुआ करता था 'रसना'। मेरे पास पहले से डैडी के दिए हुए पैसे थे तो ऐसी कोई कमी तो नहीं आई और मैं वहाँ नाश्ता या खाना खा लिया करता था। अगले दिन भाईसाहब मुझसे पूछते हैं, "हाँ भाई, नींद आई बढ़िया या नहीं?" (अब मैं मैच्योर हो चुका था, मुझमें वह समझ आ चुकी थी) मैंने बोल दिया, "कैसे आएगी नींद? ऐसा कमरा दिया है आपने, चूहे घूमते रहते हैं, टॉयलेट ढंग से काम नहीं करता, कहते हो ढाबे पर खाना खा ले।" तो पूछते हैं, "तो फिर कहाँ खाया तुमने?" मैंने बोला, "रसना रेस्टोरेंट।" बोले, "अरे! वह तो बहुत

महँगी जगह है।" मैंने बोल दिया फिर, "जो बंदा कमाएगा अच्छा तो खाना भी तो अच्छी जगह खाएगा न!" और यह मेरा डायलॉग जैसे छप गया हो उनके दिमाग पर। फिर मामाजी को मुझपर थोड़ी दया आई, वह हर शनिवार को मुझे अपने साथ घर ले जाते और मस्ती से रविवार मनाकर वापस आता, पर वे 5 दिन, मेरे लिए काला पानी की सजा होते थे। वह तो मुझे भुगतने ही पड़ते थे, उसमें मामाजी ने कोई ढील नहीं दी थी। क्या पता शायद वह ही तपन थी, जिससे आज यह हीरा निखरकर बाहर आया है।

मेरे दूसरे मामाजी मुझसे मिले और बोले, "तुम्हारे पास तो रेलवे की नौकरी है, तुम बिजनेस क्यों करना चाहते हो?" और वह घड़ी थी, जब शायद सरस्वती माता मेरी जुबां पर बैठी होंगी और आज के जमाने में हम जिसे कहते हैं मेनिफेस्टेशन, वह सच में होना शुरू हो गया था।

मेरे दूसरे मामाजी मुझसे मिले और बोले, "तुम्हारे पास तो रेलवे की नौकरी है, तुम बिजनेस क्यों करना चाहते हो?" और वह घड़ी थी, जब शायद सरस्वती माता मेरी जुबां पर बैठी होंगी और आज के जमाने में हम जिसे कहते हैं मेनिफेस्टेशन, वह सच में होना शुरू हो गया था। मैंने कहा, "क्योंकि मुझे करोड़पति बनना है।" यह लाइन मेरी आत्मा से इतनी अटूट जुड़ गई और न जाने कहाँ से वह सेल्फ-मोटिवेशन ने जन्म ले लिया। मैं बोला, "मामाजी, where there is a will there's a way." वह भी मेरा कॉन्फिडेंस देखकर हिल ही गए होंगे मेरी बातों से, मेरे हाव-भाव से, वहाँ सबको लगता था कि लड़का बहुत खर्चीला है। इसे जितना देंगे, यह सब खर्च कर देगा। मैंने यह मुश्किल जिंदगी दो महीने तक बरदाश्त की और मुझे मेरी मेहनत की कमाई मिली—4800 रुपए। वे उस वक्त दुबई में शोरूम खोलने की प्लानिंग कर रहे थे, 'अलकवी

ज्वेलर्स', वहाँ मैनेजर की पोस्ट पर वह मुझे भेजना चाहते थे। मेरी सैलरी मुझे हाथ में थमाते हुए उन्होंने कहा, जब तेरा वीजा लग जाएगा, तब हम तुझे वापस बुला लेंगे। मुझे इन दो महीनों में दुनियादारी तो समझ आ चुकी थी कि भैया, रिश्तेदारी शोरूम से बाहर, अंदर सिर्फ काम की बात। फोन पर जब भी दादी से बात करता तो वह यही बोलती कि वापस आ जा, यहाँ अच्छी नौकरी है (रेलवे में मेरी सैलरी होती थी—2460 रुपए), फिर तू ट्यूशंस लेता ही है (करीब 2500 बन जाते थे) तो कुल मिलकर, महीने के 5000 रुपए तो बड़ी आसानी से मैं कमा सकता था।

दादी पूछती थीं कि वहाँ कितने मिल रहे हैं तुझे तो मैंने भी शर्म में बोल दिया, "मुझे यहाँ महीने के 2500 मिल रहे हैं।" तो उन्होंने समझाया मुझे कि देख, ढाई वहाँ भी मिल रहे हैं और यहाँ भी तो बेहतर है, यहीं आ जा और फिर मुझे एहसास हुआ कि मैं भी क्या जीवन जी रहा हूँ, यहाँ बेमतलब का स्ट्रगल, न रहने को अच्छा न खाने को? अपने घर रहूँगा तो ज्यादा ही कमाऊँगा और आराम से रहूँगा; फिर शुरू हुआ मेरा रेलवे का सफर! मैं सब छोड़-छाड़कर, मुंबई नगरी त्यागकर, वापस अजमेर आ गया और 19 जून, 1991 मैंने ज्वॉइन किया—रेलवेज! मेरी जिंदगी इन रेल की पटरियों से होकर गुजरेगी, मैंने तो सोचा भी नहीं था। मुंबई की माया ने मुझे इतना तपाया, इतना तपाया कि आखिर मैं सोना बनकर ही बाहर निकला। मेरा

दादी पूछती थीं कि वहाँ कितने मिल रहे हैं तुझे तो मैंने भी शर्म में बोल दिया, "मुझे यहाँ महीने के 2500 मिल रहे हैं।" तो उन्होंने समझाया मुझे कि देख, ढाई वहाँ भी मिल रहे हैं और यहाँ भी तो बेहतर है, यहीं आ जा और फिर मुझे एहसास हुआ कि मैं भी क्या जीवन जी रहा हूँ, यहाँ बेमतलब का स्ट्रगल, न रहने को अच्छा न खाने को?

जो पर्सनैलिटी डवलपमेंट हुआ वहाँ, जो कॉन्फिडेंस बढ़ा, मेरा खुद को प्रेजेंट करने का तरीका बदला, मेरा फैशन सेंस भी बदला। अब मैं दुनिया को फेस करने के लिए बिल्कुल तैयार हो चुका था। मेरे इस बदलाव के लिए मैं मामाजी और उनके बेटे का कोटि-कोटि धन्यवाद करता हूँ। कहते हैं न कि अंत भला तो सब भला। वे 60 दिन मेरे लिए क्रैश कोर्स की तरह ही थे, जहाँ मैंने खुद को पहचाना और जिंदगी की महत्ता को समझ सका।

□

अध्याय-15

मेरी वन एंड हाफ शादी

बस होते-होते रह गई···उफ्फ। इसे मेरा लव अफेयर तो नहीं कह सकते, पर हाँ, एक लड़की मुझे पसंद जरूर करती थी। अब एक 22-23 साल के लड़के को कोई पसंद करे तो वह भी तो थोड़ा भावनाओं में बह ही जाएगा न? मेरे भीषम जीजाजी की बहन की शादी थी, हम सब बस से जा रहे थे। उसी बस में एक सुंदर खूबसूरत सी कन्या बैठी थी (हाँ, सच में यह हिंदी पिक्चर का कोई सीन ही हुआ मेरे साथ, जब हीरोइन की एंट्री होती है न, बस वैसा ही हुआ)। मेरी नजर जैसे ही उनपर पड़ी, मानो स्लो मोशन में हवाएँ चल रही हों, सॉफ्टली वाइलिन बज रहे हों, मेरे पीछे बैकग्राउंड डांसर्स डांस कर रहे हैं, फूल बरस रहे हों, मद्धम सी बारिश हो रही हो। हाय···यह सब मैं फील कर रहा था। कमिंग बैक टू रियलिटी—हम बस में गाने गा रहे थे, मस्ती कर रहे थे और सब उन्हें छेड़ रहे थे, "ओ हरे दुपट्टे वाली तेरा नाम तो बता···" (सब लाइट मूड में थे तो थोड़ी मस्ती तो चलती

अब एक 22-23 साल के लड़के को कोई पसंद करे तो वह भी तो थोड़ा भावनाओं में बह ही जाएगा न? मेरे भीषम जीजाजी की बहन की शादी थी, हम सब बस से जा रहे थे। उसी बस में एक सुंदर खूबसूरत सी कन्या बैठी थी।

है) और वह बहुत चिढ़ रही थी, गुस्से से लाल हो रही थी। हालाँकि मैं तो गाना गाने में मगन था, यह छेड़ना-चिढ़ाना मुझसे नहीं होता। इतने में वहाँ से आवाज आई—"ऐ मिस्टर, ऐसे क्या कमेंट पास कर रहे हो, घर में माँ-बहन नहीं है क्या?" मैंने भी फटाक से जवाब दे दिया, "मेरी चार बहनें हैं, पाँचवीं तुम हो।" (उस उम्र में ऐसी बातें कैसे हो जाया करती थीं, गुस्सा एकदम नाक पर विराजमान होता था और ईगो बिल्कुल काँच की तरह कि किसी ने कुछ बोला तो बोला कैसे?) मेरी बात सुनकर जैसे उनको सदमा लग गया हो, सोच में पड़ गई कि कैसा लड़का है, मैं बात क्या कर रही हूँ, यह बोल क्या रहा है।

सच कहूँ तो उस वक्त मेरे जीवन का लक्ष्य ही सिर्फ पैसा और नाम कमाना था। जैसे कहते हैं न, "एंटरटेनमेंट एंटरटेनमेंट एंटरटेनमेंट", वैसे ही मैं था, "पैसा, पैसा, पैसा-नाम, नाम, नाम—शोहरत, शोहरत, शोहरत।" मेरी कोई मंशा नहीं थी कि मैं किसी लड़की को पटाने की सोचता भी।

सच कहूँ तो उस वक्त मेरे जीवन का लक्ष्य ही सिर्फ पैसा और नाम कमाना था। जैसे कहते हैं न, "एंटरटेनमेंट एंटरटेनमेंट एंटरटेनमेंट", वैसे ही मैं था, "पैसा, पैसा, पैसा-नाम, नाम, नाम—शोहरत, शोहरत, शोहरत।" मेरी कोई मंशा नहीं थी कि मैं किसी लड़की को पटाने की सोचता भी। फिर ऐसा हुआ कि मेरी वह बात सुनकर उन्होंने पूछा, "है कौन यह लड़का?" "यह भीषम जी का साला है न, राजा।" वह बोली, "अच्छा, दीपू (उनका भाई) के साथ पढ़ता है।" फिर मैं बोला, "पढ़ता नहीं, मैं रेलवे में जॉब करता हूँ।" उन्हें यकीन ही नहीं हुआ। "छोड़-छोड़, क्या बात कर रहा है? इतना बच्चा सा तो दिखता है।" मैंने भी बोल दिया ,"मेरी त्वचा से मेरी उम्र का पता ही नहीं

चलता" (एक फेयरनेस क्रीम की ऐड लाइन मैंने वहाँ फिट कर दी,) अब उनकी सुंदरता के क्या-क्या गुण लिखूँ मैं, आँखें जैसे झील, स्माइल जैसे कोई कली खिली हो, बात करने का अंदाज कि हर बात के बाद मुँह से वाह ही निकले) कोई भी क्यों न उनपर चांस मारता। पर जो उन्होंने मेरे लिए वह टॉण्ट कसा, वह मुझे दु:खी कर गया। मैंने वह खूबसूरती, वह तारीफें, वह नजारे वहीं छोड़ दिए। अब शादी में भीषम जीजाजी की बहन के ससुराल वालों से किसी ने उन्हें बहुत बुरा छेड़ दिया, उन्हें इतना गुस्सा आया कि जो हाथ उनके खाने की प्लेट था, वह उन्होंने फेंकी और रोते हुए चली गई।

बड़ा हंगामा हुआ था सच्ची। मैंने उनका हाथ पकड़ा और बाहर लेकर गया, "रो नहीं, अगर उसने फिर कोई बदतमीजी की तो छोड़ेंगे नहीं, चिंता नहीं करो।" (मेरे अंदर का वह Govt. College वाला जोश बाहर आ गया था) तो इस पूरी शादी में मेरी बातों से, मेरी पर्सनैलिटी से वह काफी इंप्रेस हो गई थी मेरी तरफ। (गौर फरमाइएगा, सिर्फ वह अट्रैक्ट हुई थी, मैं नहीं) हम वापस आ गए, वह उस समय, Govt. College से B.Lib. (बैचलर्स इन लाइब्रेरी) कर रही थी। मैं अपने चाय ब्रेक के लिए Govt. College की तरफ ही जाता था तो कई बार वह मुझसे टकराई। धीरे-धीरे उनके मन में फीलिंग्स जागने लगी और सच्ची, मुझे इसकी खबर तक नहीं थी। इस तरफ ऐसा कुछ चल रहा था और दूसरी तरफ मेरी दादी (जिनके पास ले-देकर

धीरे-धीरे उनके मन में फीलिंग्स जागने लगी और सच्ची, मुझे इसकी खबर तक नहीं थी। इस तरफ ऐसा कुछ चल रहा था और दूसरी तरफ मेरी दादी (जिनके पास ले-देकर सिर्फ मैं बचा था) वे मुझपर प्रेशर डालने लगीं कि अब जल्दी से शादी कर लूँ। मैं माना नहीं कि 23 साल में कौन शादी करता है?

मेरे लिए ढेरों रिश्ते आने लगे। मेरे पास इतने रिश्ते आते थे कि सबमें से शॉर्टलिस्ट करके मैं संडे टू संडे जाता था उन्हें देखने। करीब-करीब 40 रिश्तों को मैंने मना किया होगा तो पूरे शहर में यह बात फैल चुकी थी कि इस लड़के को पता नहीं क्या चाहिए लड़की में।

सिर्फ मैं बचा था) वे मुझपर प्रेशर डालने लगीं कि अब जल्दी से शादी कर लूँ। मैं माना नहीं कि 23 साल में कौन शादी करता है? पर दादी तो दादी होती हैं। मेरे लिए ढेरों रिश्ते आने लगे। मेरे पास इतने रिश्ते आते थे कि सबमें से शॉर्टलिस्ट करके मैं संडे टू संडे जाता था उन्हें देखने। करीब-करीब 40 रिश्तों को मैंने मना किया होगा तो पूरे शहर में यह बात फैल चुकी थी कि इस लड़के को पता नहीं क्या चाहिए लड़की में। अच्छा, आपको पता है, उस समय मेरे लिए इतने रिश्ते क्यों आते थे?

1. मेरी सरकारी नौकरी।
2. पिताजी बहुत पैसा छोड़कर गए थे।
3. खुद का घर है, कोई किराए का घर नहीं।
4. मुझ पर कोई लायबिलिटी नहीं थी, चारों बहिनों की शादी हो चुकी थी, भाइयों की शादी भी हो चुकी थी। घर को अच्छा डवलप कर लिया था।
5. मैंने स्कूटर भी खरीद लिया था तब तक।
6. मेरा व्यक्तित्व ही इतनी गजब का था, रेलवे में नौकरी ने मुझे अच्छा लाइफस्टाइल दे दिया था, ब्रांडेड कपड़े, बात करने का सलीका।

तो फिर कोई क्यों न कायल होता मुझपर, उस समय ऐसी बातों पर ही लोग गौर किया करते थे। यही तरीके होते थे किसी लड़के को पसंद करने के लिए। सब यही सोचते कि लड़का बढ़िया है, खुद कमा रहा

है, खुद ऐश कर रहा है। एक रिश्ता तो बोर्ड ऑफिस से आया, वह भी बहुत सुंदर थी। उनको मना करने में मुझे बड़ी कठिनाई हुई। वैसे मेरे घर में छोटे होने का थोड़ा फायदा मिला मुझे। इतनी शादियाँ देख चुका था मैं कि सबसे बहुत कुछ सीखने को मिला और सबसे बड़ी सीख तो यह मिली मुझे कि मुझे हाउसवाइफ नहीं लानी थी। मुझे वर्किंग लेडी चाहिए थी। मेरा यह मानना था कि बढ़िया, वह भी काम करे, मैं भी काम करूँ, दोनों फिर शाम को बैठें थोड़ी देर के लिए तो यह जो गृहस्थी की चिक-चिक होती है, (जो मैं बहुत सारे घरों में देखता हुआ आ रहा था) वह नहीं होगी और ऐसे हँसते-खेलते लाइफ कट जाएगी। मेरा मुख्य कारण यह ही था काफी रिश्तों को मना करने का। पर जो यह बोर्ड ऑफिस वाला रिश्ता आया था, उसमें सब मैच कर रहा था, जैसा पार्टनर मुझे चाहिए था, वह सब था उनमें।

एक रिश्ता तो बोर्ड ऑफिस से आया, वह भी बहुत सुंदर थी। उनको मना करने में मुझे बड़ी कठिनाई हुई। वैसे मेरे घर में छोटे होने का थोड़ा फायदा मिला मुझे। इतनी शादियाँ देख चुका था मैं कि सबसे बहुत कुछ सीखने को मिला और सबसे बड़ी सीख तो यह मिली मुझे कि मुझे हाउसवाइफ नहीं लानी थी। मुझे वर्किंग लेडी चाहिए थी।

मुझे आज भी याद है, उन्होंने मुझे शिवरात्रि के दिन बुलाया था। सब सही था, पर उन्होंने कहा कि मैं अलग रहूँ अपनी फैमिली से (जैसे आजकल की न्यूक्लियर फैमिली होती है, ठीक वैसे ही) और वह मुझे बिल्कुल गवारा नहीं था तो मैंने मना कर दिया। एक रिश्ता तो ऐसा आया कि जैसे वह पीछे ही पड़ गए हों। मैं लड़की देखने गया, मुझे थोड़ी कम समझ में आई, अब हम सिंधियों में एक रिवाज था कि जब आप रिश्ता देखने जाते हैं, अगर

आपने वहाँ मिठाई खा ली तो यह मान लिया जाता था कि आपको रिश्ता पसंद है और वह पक्का हो जाता था। अब साहब, वे लोग बहुत कोशिश किए मुझे कुछ खिलाने की और मैं कुछ खाऊँ ही नहीं। हम वापस घर आ गए। वे लोग मेरी राजी दीदी के जान-पहचान वाले थे। वे उनको बार-बार बोले कि हाँ करवाओ, हाँ करवाओ और उन्होंने मेरे अहमदाबाद वाले अंकल से भी रिश्तेदारी निकाल ली। वहाँ से उनको लेकर आने लगे, उदयपुर से रूप भाईसाहब को लेकर आने लगे। फुल प्लान बना लिया उन्होंने मुझे फँसाने का कि हाँ बुलवा के ही दम लेंगे। पर किस्मत में कुछ और लिखा हो तो सारी दुनिया एक तरफ और भगवान् की मर्जी एक तरफ।

अब साहब, वे लोग बहुत कोशिश किए मुझे कुछ खिलाने की और मैं कुछ खाऊँ ही नहीं। हम वापस घर आ गए। वे लोग मेरी राजी दीदी के जान-पहचान वाले थे। वे उनको बार-बार बोले कि हाँ करवाओ, हाँ करवाओ और उन्होंने मेरे अहमदाबाद वाले अंकल से भी रिश्तेदारी निकाल ली।

जो लड़की मुझे पसंद कर बैठी थी (वही बस वाली), उन्होंने राजी दीदी से कहा ,"मैं राजा को बहुत चाहती हूँ, आप बात करो न।" दीदी बोली, "पर उसे तो जॉब वाली चाहिए, तू तो जॉब नहीं करती।" वह बोली ,"आप बात तो करो।" जब दीदी ने मुझे बताया, एक तरफ तो मैं बहुत खुश हुआ, पर इतने रिश्ते देखने के बाद दिमागी तौर से मैं इतना तंग हो चुका था कि मैंने भी दीदी को बोल दिया, "दीदी 15 दिन में मैं किसी को भी हाँ कर दूँगा।" अकेले में बैठकर मैं सोच रहा था कि यह अजीब दास्तान मेरे साथ हो रही है, मैंने इतने रिश्ते देखे, जिनमें से एक को भी मैं हाँ नहीं कर पाया और यह मुझे चाहती है, जो मैं पहचान नहीं पाया। वैसे भी कहते हैं न, "शादी उससे

करो जो आपको चाहता है, न कि जिसे आप चाहते हों।" बस फिर क्या था, राजा थारवानी सरेंडर कर चुका था। मैंने नरेश भाई और जानु भाभी को भेजा उनके घर। अभी तक तो बात पक्की होने ही जा रही थी और आप मानोगे नहीं, मैंने रेलवे में एप्लिकेशन डाल दी थी कि अगले एक महीने में मेरी शादी है, लिहाजा मुझे शिमला का पास जारी किया जाए। तो पास इश्यु हुआ "Mr. & Mrs. R.D. Tharwani" के नाम से। अगले दिन उनके घरवाले मेरे घर आए, घर देखा, सारी बात की। दहेज में तो हम पहले भी विश्वास नहीं करते थे, अब भी नहीं करते। तो वह खुश होकर बोले "ठीक है, अभी सगाई कर लेते हैं, एक साल बाद शादी।" मेरे तो चेहरे के रंग ही बदल गए। "एक साल बाद क्यों? हम कोई दान-दहेज तो माँग नहीं रहे आपसे, आप आराम से शादी कीजिए, मैंने तो यहाँ तक कि शिमला के पास भी जारी करवा दिए हैं, मैं तो एक महीने में ही शादी करूँगा।"

बस फिर क्या था, राजा थारवानी सरेंडर कर चुका था। मैंने नरेश भाई और जानु भाभी को भेजा उनके घर। अभी तक तो बात पक्की होने ही जा रही थी और आप मानोगे नहीं, मैंने रेलवे में एप्लिकेशन डाल दी थी कि अगले एक महीने में मेरी शादी है, लिहाजा मुझे शिमला का पास जारी किया जाए।

उनके साथ समस्या यह थी कि वह 11 भाई-बहन थे। बोले, "हम पिछले तीन सालों से एक-एक शादी करवा रहे हैं और अभी 20 दिन पहले ही शादी से फ्री हुए हैं, इतनी जल्दी शादी कैसे कराएँगे?" उस वक्त मैं तो बड़ा परेशान हो चुका था। मैं टंडन आंटी के घर जाता था, उनकी दोनों बेटियों को ट्यूशंस पढ़ाने, आंटी बिल्कुल मेरी बड़ी बहन की तरह थीं, उन्हें सब बताता था। सलाह के लिए मैंने उन्हें यह सारी बात बताई तो आंटी बोली, "राजा, रुक जा न एक साल, क्या फर्क पड़ता

है।" उस समय मेरी प्रोब्लेम्स ही कुछ अलग टाइप की हुआ करती थी, "आंटी, देखो लोकल रिश्ता है, साल भर रुका तो कभी मिलने बुलाएगी, कभी कुछ, इससे मेरी ट्यूशंस खराब होंगी, बच्चों की पढ़ाई डिस्टर्ब होगी, मैं यह नहीं चाहता।" आंटी मेरी इस नादानी पर हँसी जरूर होंगी, "बस, यही रीजन है? राजा, मेरे खयाल से तो कोई बड़ी बात नहीं, तुझे रुक जाना चाइए।" पर मैं तो ठान चुका था, आखिर पास जो निकलवा लिया था, मैंने जिद कर ली कि करूँगा तो शादी एक महीने में ही करूँगा। वे लोग नहीं माने और इस तरह वह इकतरफा प्यार की कहानी अधूरी रह गई, वह मुझे बेहद चाहती थी, पर उनसे मेरी शादी होते-होते रह गई।

उस समय मेरी प्रोब्लेम्स ही कुछ अलग टाइप की हुआ करती थी, "आंटी, देखो लोकल रिश्ता है, साल भर रुका तो कभी मिलने बुलाएगी, कभी कुछ, इससे मेरी ट्यूशंस खराब होंगी, बच्चों की पढ़ाई डिस्टर्ब होगी, मैं यह नहीं चाहता।" आंटी मेरी इस नादानी पर हँसी जरूर होंगी, "बस, यही रीजन है? राजा, मेरे खयाल से तो कोई बड़ी बात नहीं, तुझे रुक जाना चाइए।"

Everything is written in advance, हम और आप कौन होते हैं, उसको छेड़ने वाले या कुछ भी अपने हिसाब से करने वाले।

Marriages are settled in heaven, celebrated on earth। शादियाँ ऊपर बनाई जाती हैं, नीचे मनाई जाती हैं।

फन फैक्ट—उस शिमला वाले पास में मैं और कविता गए।

□

अध्याय-16

कविता की कविता कैसे लिखी गई मेरी जिंदगी में

शबनम, शब्बो, कविता और अब शादी के बाद 'विभा', चाहे कुछ भी कह लो, बीवी तो बीवी ही रहती है। यह वह कहानी है, जो शायद भगवान् ने कोई पिक्चर देखते-देखते लिखी होगी, वरना मेरा रिश्ता इस तरह पक्का नहीं होता! जैसा मैंने बताया कि उन 2-3 सालों में मैं इतने रिश्ते ठुकरा चुका था, उसका अंत तो मुझे करना ही था, मेरा रिश्ता ऐसे ही चलते-फिरते हो जाएगा कि समय ही नहीं मिलेगा कुछ भी जानने का। एक दिन की बात है, मैं ट्यूशंस पढ़ाकर स्टेशन के बाहर से गुजर रहा था, मुझे मेरा पड़ोसी मिला, उसने मुझे रोका और बोला, "घर छोड़ देगा?" तो मैं उसे बिठाकर उसे घर छोड़ रहा था। रास्ते में वह बोला, "यार मेरे मित्र थे, वह रेलवे में थे, एक्सपायर हो गए हैं तो उनकी बच्ची को तू जॉब दिलवा सकता है क्या?" मैं बोला हाँ, दिलवा देंगे, कौन सी बड़ी बात है!" हम उनके घर पहुँचे, रात के

जैसा मैंने बताया कि उन 2-3 सालों में मैं इतने रिश्ते ठुकरा चुका था, उसका अंत तो मुझे करना ही था, मेरा रिश्ता ऐसे ही चलते-फिरते हो जाएगा कि समय ही नहीं मिलेगा कुछ भी जानने का।

करीब नौ-सवा नौ बजे थे। तो मैंने बोला कि "आंटी, पेपर्स लाओ।" आंटी बोलीं, "मेरे हस्बैंड रेलवे में थे और बिटिया को जॉब नहीं दे रहे हैं।" मैं बोला, "बड़ी बेटी को मिलती है न जॉब तो।" वह बोलीं, "बड़ी बेटी तो टैलेंटेड है, वह पहले से ही पुष्कर कोर्ट में जॉब कर रही है। मेरी दूसरी बेटी को जॉब दिलवाना चाहती हूँ।" मैंने बोला, "ठीक है, दिलवा देंगे।" तब तक सब ठीक था और आंटी बोली, "चाय पियोगे?" अब कोई भी चाय प्रेमी कैसे इनकार कर सकता था तो कविता गई चाय बनाने और उन्होंने मुझे रसगुल्ला (मिठाई) ऑफर किया (याद है न मिठाई खा लेते हैं तो क्या होता है)। मैंने पूछा, किस बात की मिठाई तो बोलीं कि, "मेरा जन्मदिन था कल।" ठीक है, साहब, हमने रसगुल्ला खा लिया, कोई लड़की-वड़की देखने थोड़ी गए थे, कोई रिश्ता-विश्ता देखने थोड़ी गए थे। हम वापस आ गए। अगले दिन वह आदमी मेरे घर आया और बोला, "तुझे लड़की कैसी लगी?" "हह···यह क्या था, लड़की कैसी लगी मतलब? कौन सी लड़की?" बोला, "वही, जो चाय लेकर आई।" "भाई, मैंने तो ठीक से देखा भी नहीं उसे, तू मुझे उनका काम करवाने के लिए लेकर गया था या मुझे फँसाने?" बोला, "उनको तो तू पसंद आ गया।" (वह सिर्फ सेटिंग बिठाने की फिराक में था) उसने मुझे बोला, उनको मैं पसंद हूँ और उनको जाकर बोला कि मुझे लड़की पसंद है। (हे भगवान्, ऐसा देवदूत भेजा आपने मेरी शादी कराने के लिए)

आंटी बोलीं, "मेरे हस्बैंड रेलवे में थे और बिटिया को जॉब नहीं दे रहे हैं।" मैं बोला, "बड़ी बेटी को मिलती है न जॉब तो।" वह बोलीं, "बड़ी बेटी तो टैलेंटेड है, वह पहले से ही पुष्कर कोर्ट में जॉब कर रही है। मेरी दूसरी बेटी को जॉब दिलवाना चाहती हूँ।" मैंने बोला, "ठीक है, दिलवा देंगे।"

मैं इतना ज्यादा परेशान हो चुका था रिश्ते देखकर, उन्हें मना कर के और जो मुझे चाहती थी, वहाँ बात नहीं बन रही थी। तो मैं उसकी यह ट्रिक समझ नहीं पाया, बातों में आ गया, क्योंकि लड़की जॉब करती है, पढ़ी-लिखी है, अच्छा घर-परिवार है तो मैंने भी कह दिया, "ठीक है, चलाओ रिश्ता।" मैं भी बस भर गया था कि बस यार खत्म करो। यहाँ से मेरी किस्मत घूमना शुरू हुई। सच कह रहा हूँ, वह बात ऐसी चली, ऐसी चली कि मात्र 48 घंटों के अंदर-अंदर सब फाइनल हो गया। यकीन नहीं हो रहा है न? उस दिन शाम को कविता की मम्मी उनके चाचाजी के साथ मेरे घर आईं, सब देखा, उन्हें मैं पसंद आ गया (वही 6 पॉइंट्स जो मैंने पहले बताए थे) यह मुझे लगता है, इन्हीं छह चीजों की वजह से मुझे किसी ने मना नहीं किया था। यह काफी पढ़े-लिखे, समझदार लोग थे तो इन्होंने हमारी भी इन्क्वायरी निकलवा ली (वही तरीका, जिससे पहले रिश्ते हुआ करते थे) कि लड़के का चरित्र कैसा है, सैलरी क्या है, उठना-बैठना कहाँ है, वगैरह-वगैरह और वहाँ से सब पॉजिटिव। तो चलो, एक तरफ से तो हाँ हुई। अब आती है मेरी बारी—मैंने भी एक-दो परिवारों से पूछा तो वहाँ से भी सब पॉजिटिव। लड़की अच्छी है, फैमिली भी अच्छी है। मैं दो नावों में सवार हो रहा था, वह (चाहत वाला) रिश्ता कैंसिल हो गया था, उन्होंने मुझे बहुत समझाया कि राजा, समझ न, एक साल तो यों ही निकल जाएगा, पर मैं भी मैं हूँ, कि नहीं, तुम्हें मुझसे शादी करनी है तो अपने घरवालों को समझाओ।

मैं इतना ज्यादा परेशान हो चुका था रिश्ते देखकर, उन्हें मना कर के और जो मुझे चाहती थी, वहाँ बात नहीं बन रही थी। तो मैं उसकी यह ट्रिक समझ नहीं पाया, बातों में आ गया, क्योंकि लड़की जॉब करती है, पढ़ी-लिखी है, अच्छा घर-परिवार है तो मैंने भी कह दिया, "ठीक है, चलाओ रिश्ता।"

इस रिश्ते को हाँ करने में मेरे अंकल का भी बहुत बड़ा हाथ है, वह जहाँ–जहाँ भी मेरे साथ रिश्ता देखने चलते थे और मैं मना कर देता था तो वह बड़ा नाराज होते थे मुझपर, "भाई, ऐसे तू अजमेर के हर रिश्ते को मना करता रहेगा और अगर उनके भाइयों से मेरी भी बेटियों का रिश्ता चला तो वह तो दुश्मनी में मुझे मना कर देंगे, उनके लिए मैं कहाँ से

रिश्ता ढूँढ़ेगा?" और जब कविता का रिश्ता आया तो प्यार से समझाते हुए वह जिद भी करने लगे, "बेटा, सब कुछ तो बढ़िया है, हाँ कर दे।" अब ऐसे में घर का कोई बड़ा समझाए तो कैसे 'ना' कर सकता था मैं। मैंने भी उन्हें प्रॉमिस कर दिया कि ठीक है, चलो हाँ कर दी। मैं, नरेश भाई, जानु भाभी और अंकल, हम चारों चल पड़े उनके घर। मन बनाकर

तो चला ही था मैं कि बस आज आर या पार। कविता की मम्मी को बड़ी हैरानी हुई, "आपने तो मेरी बेटी से कुछ पूछा ही नहीं?" क्या पूछता, कुछ समझ आए तो पूँछू न। किसी भी माँ को चिंता तो हो ही जाएगी कि यह कैसा रिश्ता हुआ, जहाँ कोई सवाल-जवाब नहीं। फिर जोर देने पर, मैंने कविता से पूछा, "तुम्हारी हॉबीज क्या-क्या हैं?" अब उन्होंने कुछ पूछने को कहा तो मैंने पूछ लिया और क्या, अब तो क्या बचा था, मिठाई खाना···और लो जी, फाइनली मैंने मिठाई खा ही ली। यह कविता मेरी जिंदगी में लिख दी गई। अभी तो सिर्फ मिठाई ही खाई थी। एक और क्लाइमेक्स मेरी जिंदगी में आना बाकी था। मैंने बताया न, एक रिश्ता जो हमारे पीछे ही पड़ गए थे, राजी दीदी के जान-पहचान वाले। अगली

सुबह मैं क्या देखता हूँ, वे लोग मेरे अहमदाबाद वाले अंकल और रूप भाईसाहब के साथ, फुल फैमिली मेरे घर पर। गेट खोलता हूँ तो नींद बाद में खुलती है, पहले होश उड़ जाते हैं मेरे। "आप सब यहाँ? क्या हुआ?" बोले, "तेरा रिश्ता पक्का करने आए हैं।" मैंने मिठाई खिलाते हुए कहा, "यह लो, रिश्ते की मिठाई खाओ, कल रात को ही हाँ करके आया हूँ।" अब बारी थी उनके होश उड़ने की। क्या खूब हुई उनके साथ, भगवान् की लीला सच में सबके सोच से भी परे है।

□

अध्याय-17

चट मँगनी, पट ब्याह

हमारा रोका तो उसी रात हो गया था, जब मैंने हाँ की और साथ ही यह शर्त भी रख दी कि मुझे तो एक महीने में ही शादी करनी है। वे लोग मान गए (उन्हें मुझसे भी ज्यादा जल्दी थी शायद) और लो, हम सब तैयारी में जुट गए। हमारा जो यह सगाई से शादी के बीच का कोर्टशिप पीरियड जिसे कहते हैं, वह सिर्फ 15 दिन का मिला। उसमें घूमना तो बनता है। अब वह कपल वाली फीलिंग आ रही थी मुझे और क्यूरोसिटी कि अब मैं भी फैमिली मैंन बनने जा रहा हूँ। इन 15 दिनों में मुझे कविता को जानने का मौका मिला, हम दोनों की अंडरस्टैंडिंग मिलाने का मौका मिला और फिर पता चला कि हम बिल्कुल अपोजिट हैं, शायद तभी अट्रैक्ट हो गए झटपट से, मैं हूँ बहुत खर्चीला इनसान और वह हैं बचत वाली

हमारा रोका तो उसी रात हो गया था, जब मैंने हाँ की और साथ ही यह शर्त भी रख दी कि मुझे तो एक महीने में ही शादी करनी है। वे लोग मान गए (उन्हें मुझसे भी ज्यादा जल्दी थी शायद) और लो, हम सब तैयारी में जुट गए। हमारा जो यह सगाई से शादी के बीच का कोर्टशिप पीरियड जिसे कहते हैं, वह सिर्फ 15 दिन का मिला।

इनसान। मेरे सभी निर्णय बहुत फास्ट होते हैं और उन्हें बहुत लंबा टाइम लगता है कोई भी फैसला लेने में। मैं बहुत पॉजिटिव मैन हूँ और वह बेहद पैसिमिस्टिक। तो मुझे तो यह परफेक्ट मैच लगा (मन में भगवान् को शुक्रिया कहा मैंने कि चलो देर से ही सही, पर आपने मेरे लिए बढ़िया जीवनसाथी चुनी), यह ऐसी फास्ट फॉरवर्ड वाली शादी थी, काड्र्स छपवाना, शॉपिंग, जगह बुक करवाना, वगैरह-वगैरह, उफ्फ्फ्फ…साँस लेने की फुरसत नहीं। मेरी शादी से ठीक दो दिन पहले मेरे पड़ोस में शादी थी, दूल्हा बढ़िया सूट-बूट पहनकर अलवर से अजमेर बारात लेकर आया और जैसे ही फेरे खत्म हुए, वह धड़ाम से गिर गया और सबके चीखने की आवाज गूँजी! "अरे क्या हुआ? क्या हुआ? दूल्हा गिर कैसे गया?" फिर पता चला कि जो वह इतनी भीषण गरमी में सूट-बूट पहनकर आया, उसे हीट स्ट्रोक हो गया और सब जाने क्या-क्या सोच रहे थे।

अब मेरी शादी इसके मात्र दो दिन बाद, दूल्हे को छोड़ो, मैं जो सुपरफास्ट स्पीड में भागा हूँ, शेरवानी पायजामा लेने कि भैया, मुझे ऐसे चक्कर खाकर नहीं गिरना, स्टेज पर 3 नहीं, 5 कूलर लगवाउँगा। अब

काम करने की बारी आती है मेरे दोस्तों की, क्योंकि बाकी सब तो बड़े थे मुझसे, आज तक मैं ही सबके काम करता आया हूँ, अब बारी थी मेरा काम करवाने की तो ऐसे में तो दोस्त ही होते हैं। पर मैं साहब लगा पड़ा हूँ, सब चीज परफेक्ट चाहिए और गरमी इतनी थी कि मुझे एक्स्ट्रा कूलर्स भी चाहिए, कहीं से भी पसीना नहीं टपकना चाहिए, काम भले ही वे लोग कर रहे हों, पर मुझे तो वापस चेक करना था ही (आदत से मजबूर जो हूँ)। मैं बाथरूम में गया हूँ नहाने और अंदर से चिल्ला रहा हूँ, "अरे वह टेंट वाला आ गया क्या? वह लाइट्स ढंग से लगाई या नहीं? सुन, वह हलवाई पहुँच गया न? स्टेज पर कूलर लगवा दिए?" मेरे सवाल खत्म ही नहीं हो रहे थे, "अरे भाई, रुक जा राजा, सब्र कर, सब हो जाएगा, तू तैयार होने पर फोकस कर, तेरी ही शादी है।" यह मैं खुद से बातें कर रहा था और तभी "अरे लड़कीवालों को गोल्ड पहुँचवाया या नहीं?" मेरा दोस्त, अगले से पूछ रहा है, "गोल्ड गया या नहीं?" और वह अगले वाले से पूछ रहा है, ऐसे करके उन्होंने रेल बना ली, पर जवाब किसी ने नहीं दिया। अरे वहाँ दुल्हन तैयार होकर वेट कर रही है कि कोई आएगा लड़केवालों की तरफ से गोल्ड लेकर और यहाँ यह पासिंग द पासिंग खेल रहे हैं।

मैं बाथरूम में गया हूँ नहाने और अंदर से चिल्ला रहा हूँ, "अरे वह टेंट वाला आ गया क्या? वह लाइट्स ढंग से लगाई या नहीं? सुन, वह हलवाई पहुँच गया न? स्टेज पर कूलर लगवा दिए?" मेरे सवाल खत्म ही नहीं हो रहे थे, "अरे भाई, रुक जा राजा, सब्र कर, सब हो जाएगा, तू तैयार होने पर फोकस कर, तेरी ही शादी है।"

उस समय तो मुझे लग रहा था कि मेरे कोई 2-3 क्लोन होने

चाहिए, जो मेरी तरह फटाफट काम कर लें। फिर मोहिनी दीदी और जीजाजी गए गोल्ड लेकर।

अब बारी आई घोड़ी पर बैठने की और मुझे हाइट से डर लगे, मैं दादी से बोल रहा हूँ, मुझे नहीं बैठना, पर परंपराएँ तो परंपराएँ हैं और मेरी आत्मा काँप रही थी कि अब गिरा, अब गिरा और यहाँ मेरे दोस्त, हाँ, नचाओ इसको। (वही जो हर बारात में होता है) मेरा हार्ट फेल होते-होते बचा। फिर तो मैं उतरकर कार में बैठ गया, तो जान में जान आई। पर चलो, मेरी बढ़ती धड़कनों को थोड़ी राहत मिली, सब काम आखिर टाइम पर हो गए, दौड़ते-भागते, हँसते-खेलते, सबके साथ से इतनी शानदार शादी हुई, मेरे खयाल से हमारी फैमिली की वह सबसे बेहतरीन शादी थी। मैंने कहा न, यह स्टोरी भगवान् ने जरूर कोई पिक्चर देखकर ही बनाई होगी और इस तरह से अप्रैल 1994 में मैं मेरी प्यारी कविता से मिला और 29 मई, 1994 में वह मेरी 'विभा' बन गईं और इस तरह से उस शिमला वाले पास पर गए तो Mr. & Mrs. R.D. Tharwani ही।

हम यहाँ से पहले दिल्ली गए, फिर शिमला, फिर कुल्लू-मनाली, फिर दिल्ली, फिर वहाँ से उदयपुर, फिर अजमेर। 21 दिन का हनीमून टूर था हमारा, उस जमाने का सबसे लंबा हनीमून होगा वह। कविता के आने के बाद मैंने घर को काफी सिस्टेमेटिक होते हुए देखा। उन्हें घर सजाने का इतना शौक है कि हम जब भी बाहर जाते, वह मस्त-मस्त चीजें लाती और घर को खूबसूरत बनाती। साफ सफाई में तो कविता का

जवाब नहीं, आज भी मैं उनकी दाद देता हूँ, वर्किंग होते हुए भी उन्होंने घर को इतना सहेज के रखा कि काम से थककर जब मैं घर आता हूँ तो मन खुश हो जाता है। यह सब देखकर मुझे लगता है, मेरा फैसला बिल्कुल सही था कि मुझे वर्किंग वाइफ ही चाहिए और जैसा मैंने सोचा था, बिल्कुल वैसा ही हुआ, हम अपने-अपने काम पर जाते, शाम को साथ बैठते और सिर्फ क्वालिटी टाइम ही स्पेंड करते। बड़ा बेहतरीन सफर रहा मेरा और कविता का। मैं उन्हें शुक्रिया कहना चाहूँगा—"यूँ रूठते-मनाते, समझ और नासमझी में, हँसते रोते, तुमने मेरा साथ बखूबी दिया। मेरे गम, मेरी खुशियों में तुम हमेशा मेरे पास रहीं। मेरी जिंदगी के अप्स & डाउन्स में तुम मेरे साथ रहीं, तुमने मुझे इतने प्यारे-प्यारे, जान से बढ़कर दो बच्चे दिए, उसके लिए डबल थैंक यू। मेरे दोनों बच्चों पर मुझे बहुत गर्व है, उन्हें देखकर मुझे माता रानी की महर बरसती हुई महसूस होती है और उसपर तुम्हारा साथ मेरा जीवन संपूर्ण करती है।"

उन्हें घर सजाने का इतना शौक है कि हम जब भी बाहर जाते, वह मस्त-मस्त चीजें लाती और घर को खूबसूरत बनाती। साफ सफाई में तो कविता का जवाब नहीं, आज भी मैं उनकी दाद देता हूँ, वर्किंग होते हुए भी उन्होंने घर को इतना सहेज के रखा कि काम से थककर जब मैं घर आता हूँ तो मन खुश हो जाता है।

□

अध्याय-18

भूमिका—माई ऑक्सीजन

हम जब अपने सेकंड हनीमून (माउंट आबू) से वापस आए, तब मुझे ध्यान है, कुछ समय बाद कविता की तबीयत थोड़ी बिगड़ने सी लगी, वही फर्स्ट सिंप्टम्स, जो प्रेगनेंसी में होते हैं और फिर हम इनके फैमिली डॉक्टर के पास गए, इनका टेस्ट कराया और फिर—मेरी खुशी का ठिकाना नहीं था, मैं इन्हें शब्दों में बयान नहीं कर सकता; जब टेस्ट पॉजिटिव आया तो मेरी आँखों में क्या चमक थी, हाथ-पैर खुशी से काँप रहे थे और सच मानो, मैं पागलों की तरह वहाँ डांस करना चाहता था। मुझसे रहा नहीं गया, मैंने कविता को गोदी में उठा लिया और झूम गया, फिर उन्हें सीधे मैं जूस सेंटर पर लेकर गया, हमने जूस पिया, (मेरे अंदर अभी से वह पापा वाली फीलिंग आ चुकी थी) तो मैं कविता को दादी-नानी जैसे समझा रहा था कि ऐसे ध्यान रखना, ऐसे मत करना, वगैरह-वगैरह और खुशी-खुशी हम घर वापस आए। कविता की पोस्टिंग उस वक्त पुष्कर में थी।

मेरी खुशी का ठिकाना नहीं था, मैं इन्हें शब्दों में बयान नहीं कर सकता; जब टेस्ट पॉज़िटिव आया तो मेरी आँखों में क्या चमक थी, हाथ-पैर खुशी से काँप रहे थे और सच मानो, मैं पागलों की तरह वहाँ डांस करना चाहता था।

मुझे याद है, वह पूरा प्रेगनेंसी टाइम, मैं ऑफिस से निकलता, कविता को महावीर सर्किल से पिक करता और सीधे जूस सेंटर पर, हर रोज का रुटीन था यह हमारा, पर कहा न, बीवी तो बीवी होती है। वह मुझसे कहतीं कि जूस तभी पीयूँगी, जब मुझे कचौरी या समोसा खिलाओगे। अब ऐसी सिचुएशन में हम क्या करते सिवाय 'यस मैंम' कहने के। तब वह बेचारा जूस वाला ही उनके लिए समोसा या कचौरी लाता तो ये कचौरी खातीं, हम एक गिलास जूस पीते, फिर वह मुँह बनाकर, नाक बंद करके जूस पीतीं और मैं दूसरा गिलास जूस का पी लेता। वह बड़ा मस्त तैयार होकर जातीं थी ऑफिस, मैं बहुत बोलता था, "अरे नहीं जाओ ऐसे तैयार होकर, नजर लग जाएगी, फर्स्ट बेबी है, बहुत रिस्क होता है।"

मुझे याद है, वह पूरा प्रेगनेंसी टाइम, मैं ऑफिस से निकलता, कविता को महावीर सर्किल से पिक करता और सीधे जूस सेंटर पर, हर रोज का रुटीन था यह हमारा, पर कहा न, बीवी तो बीवी होती है। वह मुझसे कहतीं कि जूस तभी पीयूँगी, जब मुझे कचौरी या समोसा खिलाओगे। अब ऐसी सिचुएशन में हम क्या करते सिवाय 'यस मैंम' कहने के।

मेरी दादी भी बहुत-बहुत ध्यान रखती थीं। मैं बहुत समझाता था। यहाँ तो केस ही उल्टा था, हस्बैंड अपनी वाइफ को प्रेगनेंसी की बातें समझा रहा है, वैसे तो मैंने मेरे भतीजे-भतीजी को अपने घर के आँगन मैं खेलता देखा है, रूप भाईसाहब के दोनों बच्चे, जानूँ भाभी की नन्ही सी बच्ची जब हुई तो वह हमेशा मेरे पास ही रहती थी। खाना मेरे साथ, खेलना मेरे साथ तो मुझे काफी अनुभव था, पर कविता ने ऐसा कुछ नहीं देखा था तो वह तो किसी की नहीं सुनती थी, मस्त रहती थी, डरना तो आता ही नहीं था। वह नवें महीने तक ऑफिस गईं, रोज अप-डाउन करतीं अजमेर-पुष्कर।

करते-करते दिन बीते, महीने बीते, मेरी उत्सुकता बढ़ती जा रही थी कि कब वह पल आएगा, जब मैं अपने ही अंश को इन हाथों में लूँगा, गोद में उठाऊँगा, वह पिता वाली फीलिंग महसूस करूँगा और फिर वह दिन करीब आने लगा, कविता को JLN में एडमिट कराया। दिन में जानू भाभी रहती थीं, रात में मेरी सासु माँ रुकती थीं और मेरी तो जॉब ऐसी थी कि फ्री भी था और बिजी भी। तो जब मैं फ्री होता, वहाँ आकर बैठ जाता।

एक दिन बीता, दो दिन, ऐसे करके 6 दिन निकल गए। पेन्स ही नहीं आ रहे, इंजेक्शन दे दिए तो भी नहीं आ रहे। करें तो क्या करें? देसी इलाज भी कर लिए सारे, जो-जो कहा, वह सब किया, अब गरमी का टाइम अलग तो वह गरम चीजें खाने की वजह से कविता के शरीर पर घमोरियाँ⋯बहुत-बहुत भुगता उन्होंने। वह इतना तंग हो गई कि हर किसी से लड़ जातीं, कर दो मेरा ऑपरेशन, मैं कोर्ट में हूँ, मैं लिखकर देती हूँ। आखिर में वह मुझसे कहती हैं, मुझे घर लेकर चलो, बस बहुत हो गया और या तो फिर मेरा ऑपरेशन करा दो, क्यों नॉर्मल के लिए वेट करना है। वह उस टाइम इतना ज्यादा परेशान हो गई थीं कि बस जैसे-तैसे मुझे यहाँ से निकालो। 14 जून, 1995 सुबह कविता मुझसे बोलती हैं कि "मुझे घर लेकर चलो। लेकर चल रहे हो या मैं अकेली जाऊँ?" फिर मैं उन्हें लेकर गया। घर पहुँचकर उन्होंने शैंपू किया, उस वक्त शाम के 4 बजे थे। फिर वह थोड़ा रिलेक्स्ड हुई, मैं फिर उन्हें हॉस्पिटल

एक दिन बीता, दो दिन, ऐसे करके 6 दिन निकल गए। पेन्स ही नहीं आ रहे, इंजेक्शन दे दिए तो भी नहीं आ रहे। करें तो क्या करें? देसी इलाज भी कर लिए सारे, जो-जो कहा, वह सब किया, अब गरमी का टाइम अलग तो वह गरम चीजें खाने की वजह से कविता के शरीर पर घमोरियाँ⋯बहुत-बहुत भुगता उन्होंने।

लेकर गया। शाम के 5 बजे थे और फिर वही बात, नॉर्मल-ऑपरेशन के बीच मेरे बच्चे का जन्म झूल रहा था। मैं घबराहट से भर गया, सीधे वहाँ बजरंगढ़ वाली माता रानी के मंदिर में जाकर बैठ गया और बस प्रार्थना कर रहा था कि सब ठीक हो जाए। करते-करते 6 बज चुके थे और इतने में नीलम (मेरी साली) भागती हुई आई, "जीजू-जीजू, जल्दी चलो।" वह मंदिर से हॉस्पिटल के वार्ड तक का इतना छोटा सा डिस्टेंस मुझे मीलों दूर लग रहा था। मैं स्लो मोशन में भाग रहा था और तरह-तरह के खयाल मेरे मन में आ रहे थे और फिर 7.20 बजे वह शुभ घड़ी आई, जैसे ही मैंने गेट खोला, डॉक्टर बोले "कांग्रेचुलेशन, नॉर्मल डिलिवरी हुई" (फाइनली) और… "Shhhhh नहीं फर्क पड़ता लड़का हुआ या लड़की, मेरे लिए बस वह एक कीमती पल था कि मैं पापा बन गया था। वह मधुर सी बच्चे की रोने की आवाज मेरे कानों में गूँजी और वह दृश्य मैं मरते दम तक नहीं भूल सकता, जब मैंने अपनी नन्ही सी परी को, रुई सी कोमल, गुलगुली सी मेरी भूमिका को गोद में उठाया और जैसे जिंदगी के वे सारे दर्द छू मंतर हो गए हों।

शाम के 5 बजे थे और फिर वही बात, नॉर्मल-ऑपरेशन के बीच मेरे बच्चे का जन्म झूल रहा था। मैं घबराहट से भर गया, सीधे वहाँ बजरंगढ़ वाली माता रानी के मंदिर में जाकर बैठ गया और बस प्रार्थना कर रहा था कि सब ठीक हो जाए। करते-करते 6 बज चुके थे और इतने में नीलम (मेरी साली) भागती हुई आई, "जीजू-जीजू, जल्दी चलो।"

सारी कायनात हाथ में हो। हाय क्या फीलिंग होती है पिता बनने की और वह भी एक बेटी का पिता तो मतलब क्लाउड 9 पर पहुँच गए हों। भूमिका—मेरी ऑक्सीजन जब पैदा हुई थी, तब सच में उसे देखकर ही

मुझे साँस आई हो और इसलिए मैं तब से उसे 'माय ऑक्सीजन' बुलाता हूँ। वह नन्हे कदम जब मेरी जिंदगी में आए तो मानो मेरी झोली छोटी पड़ गई हो उन खुशियों को भरते-भरते। भूमिका के जन्म के बाद मैंने ट्यूशंस ऑलमोस्ट बंद ही कर दी थी। उसके साथ टाइम बिताने का मैं एक भी मौका नहीं छोड़ना चाहता था। धीरे-धीरे वह बड़ी होती गई, मेरे लाड-प्यार में पलती रही। वाकई बेटियाँ तो जिगर का टुकड़ा होती हैं, आप उन्हें जितना प्यार करते हो, बदले में आपको वह डबल प्यार देती हैं। तभी तो इतिहास भी कहता है कि बेटियों को सबसे ज्यादा पिता ने ही प्यार किया है और बेटियाँ सबसे ज्यादा क्लोज अपने पापा के ही रहती हैं।

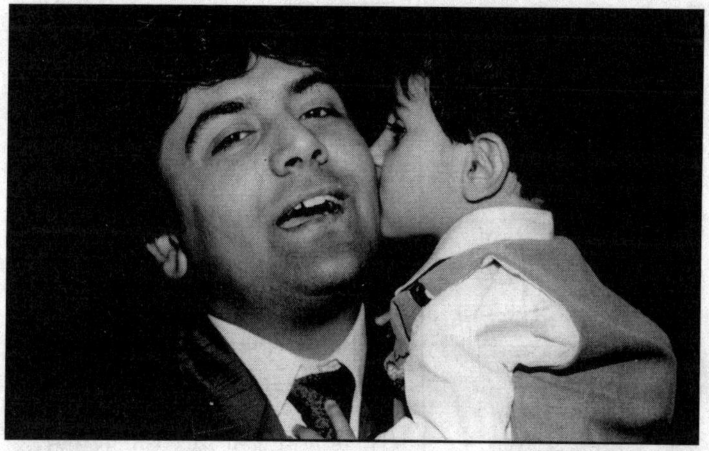

मुझे याद है, जब भूमिका के स्कूल का पहला दिन था और मैं उसे छोड़ने गया था। कैसे लिखूँ कि क्या फील कर रहा था! मैं ऐसा लग रहा था जैसे···जैसे मैंने मेरी फूल सी बच्ची को इस खतरनाक दुनिया में अकेला छोड़ दिया हो। पूरे दिन मेरा मन नहीं लगा, उसी की चिंता में खोया रहा मैं। उसने खाना खाया होगा कि नहीं, उसे किसी ने परेशान तो नहीं किया। वह ठीक होगी न, रो तो नहीं रही? सोचते-सोचते उसकी छुट्टी का टाइम हुआ और मैं अपने स्कूटर को दौड़ाता हुआ

गया उसे लेने। जब उसे देखा, तब जाकर चैन आया मुझे। भूमिका के शुभ कदम पड़ते ही मुझे रेलवे बँगला भी मिल गया। उस समय रेलवे की तरफ से रेजिडेंस मिलता था, पर उसके लिए फॉर्म भरना पड़ता और घर मिलने में करीब-करीब 3-4 साल लग जाते। हमारा खुद का घर भी था, पर मैंने फॉर्म तो भर ही दिया था और देखो, यहाँ भूमिका हुई और एक साल में ही मुझे बँगला मिल गया और हम वहाँ शिफ्ट हो गए। एक नई जगह, नया माहौल, जॉइंट फैमिली से न्यूक्लियर रहना, बहुत नया था मेरे लिए। अब हम तो ऑफिस जाने वाले लोग, भूमिका को कौन सँभालेगा ? और लो, हमारी सर्च शुरू हुई बेबी क्रेच की। उस टाइम ऐसा बेबी क्रेच जैसा कोई ट्रेंड नहीं था, बहुत ढूँढ़ने के बाद हमें एक क्रेच मिला, जहाँ रेलवे कर्मचारियों के बच्चे आते थे। तब तक मेरी मदर इन लॉ और मेरी साली नीलम का बहुत साथ रहा, वह भूमिका को सँभालती थी। नीलम (नीलू) मेरी प्यारी साली, बहुत समझदार, स्मार्ट और सपोर्टिव रही है शुरू से ही। उसने हमेशा रिश्तों का मान रखा। मुझे, कविता और भूमिका को बिल्कुल अपना परिवार माना और हमने भी उसे भरपूर प्यार और इज्जत दी।

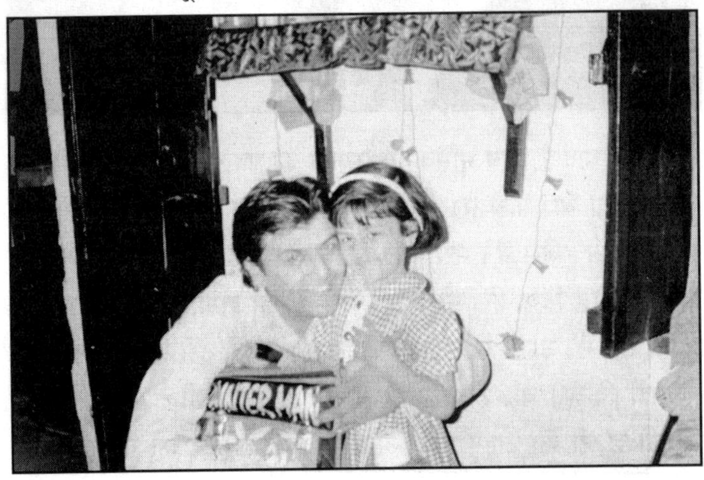

नीलू ने बड़ी समझदारी से हमारे घर और अपने घर के बीच एक खूबसूरत सा पुल बनाकर रखा है, जिसे वह आराम से बैलेंस करके चलती है। इस तरह भूमिका का बचपन लाखन कोटरी, वहाँ से रेलवे बँगला और कुछ क्रेच में बीता। पर हमने उसके बचपन को बहुत एन्जॉय किया। मेरी भूमिका पढ़ने में शुरू से ही बहुत होशियार थी, वैरी-वैरी इंटेलीजेंट चाइल्ड। स्कूल में हमेशा अच्छे मार्क्स लाना और बहुत सिंसियर थी, अभी भी उतनी ही सीधी-सादी और ब्रिलियंट है। मुझे याद है उसके लिए ढेरों खिलौने लाना (मन तो करता पूरी दुकान उठाकर लाऊँ उसके लिए) और भूमिका का बर्थडे तो मानो एक तरह का फेस्टिवल होता था मेरे लिए। हर साल इसे मैं त्योहार की तरह ही मनाता था। जब भूमिका 18 की हुई थी, जैसे एक माइलस्टोन पार किया हो हमने तो वह तो कुछ खास होना ही था, क्योंकि मैं तो ठहरा दिलदार आदमी। भूमिका का बर्थडे हमने दुबई जाकर सेलिब्रेट किया और ऐसा मनाया कि कोई शादी में भी न करे। मुझे याद है, जब वह कॉलेज में थी लक्ष्मणगढ़, इंजीनियरिंग करने गई, तब मेरा यह रुटीन कि हर वीकेंड हम भूमिका के कॉलेज पहुँच जाते, उसे उठाते और फुल एन्जॉय करते।

मेरे पास तब Hyundai i10 कार थी, उसमें मैं, कविता और मंथन (मेरा बेटा-अभी वह आया नहीं पिक्चर में, जल्दी आएगा) हर वीकेंड हमारा यह प्लान होता। फिर एक दिन भूमिका ने कह दिया, "डैड, इतना फ्रीक्वेंटली नहीं आओ, वरना मैं यहाँ एडजस्ट नहीं कर पाऊँगी।" बस उसने कह दिया तो वह हमारे लिए पत्थर की लकीर हो गई। पर मैं भी डैडी जो ठहरा, जब वह मुंबई गई MBA करने (तब तो बड़ी हो चुकी थी, अब कौन सा एडजस्ट करना बाकी था), हर वीकेंड तो नहीं, पर महीने दो महीने में एक बार तो हम चक्कर काट ही आते थे। वह आज भी मेरे लिए वही कोमल सी, रुई सी, गुलगुली सी भूमिका है—मेरी लुलू! जब वह पहली बार स्कूल गई, तब मेरी जो हालत थी, उससे भी कहीं ज्यादा हालत खराब थी जब उसकी शादी हुई। तब तो ऐसा लग रहा था, जैसे मैंने अपना कलेजा ही काटकर दे दिया हो। बेटियों को तो अपने घर जाना ही होता है और वह एक पिता के लिए सबसे मुश्किल घड़ी होती है। पर मैं माता रानी का जितना धन्यवाद करूँ, उतना कम है, जिन्होंने मुझे 'सार्थक' जैसा दामाद दिया, मनोज भाईसाहब और मृदुला भाभी जैसे समधी दिए। भूमिका भी इन्हें कूल पापा और कूल मम्मी बोलती है और उसे उस घर में इतना प्यार और अपनापन मिला है कि उसे महसूस ही नहीं होता है कि वह मायके में है या ससुराल में। मैं भी जब मनोज भाईसाहब और मृदुला भाभी से मिलता हूँ तो मुझे ऐसा लगता

मेरी लुलू! जब वह पहली बार स्कूल गई, तब मेरी जो हालत थी, उससे भी कहीं ज्यादा हालत खराब थी जब उसकी शादी हुई। तब तो ऐसा लग रहा था, जैसे मैंने अपना कलेजा ही काटकर दे दिया हो। बेटियों को तो अपने घर जाना ही होता है और वह एक पिता के लिए सबसे मुश्किल घड़ी होती है।

है, जैसे हम एक ही फैमिली हों और हमारी पहचान तीस-चालीस साल पुरानी हो। मैं निश्चिंत हुआ कि कोई अपना है, जो भूमिका का बहुत ध्यान रखेगा, उसे कभी कोई परेशानी नहीं आने देगा, चाहे मैं रहूँ न रहूँ, मेरी ऑक्सीजन हमेशा यों ही मुसकराती रहेगी। आज वह 28 साल की हो चुकी है और मेरे कंधे से कंधा मिलाकर मेरे पूरे कारोबार को सँभाल रही है। मुझे उसपर नाज है और हमेशा रहेगा।

मैं भी जब मनोज भाईसाहब और मृदुला भाभी से मिलता हूँ तो मुझे ऐसा लगता है, जैसे हम एक ही फैमिली हों और हमारी पहचान तीस-चालीस साल पुरानी हो। मैं निश्चिंत हुआ कि कोई अपना है, जो भूमिका का बहुत ध्यान रखेगा, उसे कभी कोई परेशानी नहीं आने देगा, चाहे मैं रहूँ न रहूँ, मेरी ऑक्सीजन हमेशा यों ही मुसकराती रहेगी।

भूमिका हमारे सतगुरु इंटरनेशनल स्कूल की जॉइंट सेक्रेटरी है और Tharwani & Gurnani foundation की सेक्रेटरी है। बहुत सुकून मिलता है कि जब आपके पदचिह्नों पर आपके बच्चे भी चल रहे हों। मैं वाकई बहुत खुशनसीब पिता हूँ।

□

अध्याय-19

रेल सी जिंदगी—कभी रुक जाती, कभी चल पड़ती

डैडी की तरह मेरी भी आदत थी, हर महीने के अंत में बजट बनाने की। (मेरे बचपन का अनुभव बहुत काम आया मुझे, जब हम रेलवे बँगला में शिफ्ट हुए) तो मैं पेट्रोल का एक फिक्स्ड अमाउंट अलग रख देता था कि इससे ज्यादा मुझे खर्च नहीं करना है। अब पहले कविता को छोड़कर आना, फिर वापस घर आना, फिर भूमिका को छोड़ना, फिर खुद ऑफिस निकलना और यही लौटते वक्त भी करना। तो मेरे लिए तो सबसे ज्यादा पेट्रोल का बजट बनाना अति आवश्यक था। पर जितना भी बनाता था, महीने के 20-22 तारीख तक वह बजट डगमगा ही जाता था। (अब क्या किया जाए, खर्चे को मैनेज करने के लिए?) तो मैंने एक साइकिल खरीद ली। कविता और भूमिका को स्कूटर पर छोड़कर आता और फिर खुद साइकिल पर घर से लोको एकाउंट्स ऑफिस जाता। (सोचो क्या हालत होती होगी मेरी)। कुछ पाने के लिए जी तोड़ मेहनत

डैडी की तरह मेरी भी आदत थी, हर महीने के अंत में बजट बनाने की। तो मैं पेट्रोल का एक फिक्स्ड अमाउंट अलग रख देता था कि इससे ज्यादा मुझे खर्च नहीं करना है।

करनी पड़ती है, आराम छोड़ने पड़ते हैं, खुद को आग में झोंकना ही पड़ता है। मेरे दिन के 50-60 किमी. तो यों चले जाते थे, पता ही नहीं चलता था। धूप में इतना आना जाना कि मेरा खिला रंग मुरझा ही गया था।

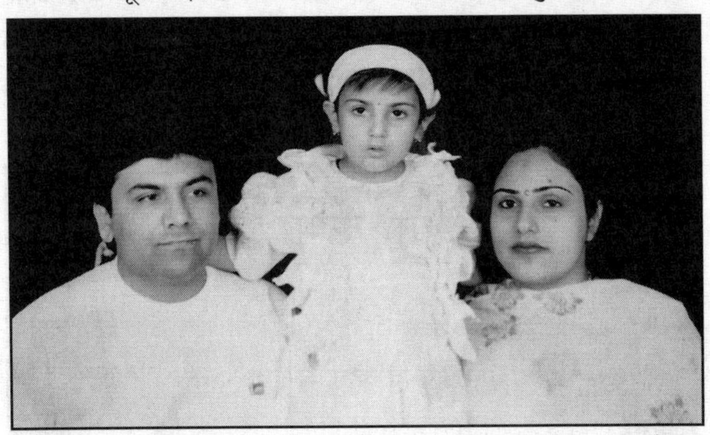

इस बीच मेरी सासु माँ के कैंसर का हमें पता चला—सीधा थर्ड स्टेज। अभी तो अच्छी-भली थीं और अभी यह क्या हुआ? हम उन्हें ट्रीटमेंट के लिए मुंबई लेकर गए, वहाँ के डॉक्टर्स ने जवाब दे दिया और यह मैं बहुत दुःखी मन से लिख रहा हूँ कि इतनी बोल्ड लेडी को इस तरह से परेशान व बीमार देखकर मन बहुत दुःखी और उदास हो जाता था। मम्मी-डैडी के जाने के बाद मेरी मदर इन लॉ ही तो थीं, उन्हें मैंने अपनी मम्मी की तरह ही माना था और इस तरह उन्हें तकलीफ में देखना जैसे दिल पर हजारों काँटे चुभ रहे हों। उनकी ऐसी हालत में भी उन्हें अपनी दोनों बेटियों की चिंता थी, जो वे मुझसे कहती थीं कि इनकी शादी करवाओ अब। दामाद कम और बेटा ज्यादा था मैं उनका और पूनम-नीलम को अपनी बहनों जैसे ही रखता था। यह जिम्मेदारी मैंने खुशी-खुशी ले ली। मैं और कविता की बुआ, हम दोनों मिलकर रिश्ते ढूँढ़ते, बुआ हर सैटरडे-संडे आया करतीं, जो रिश्ते मैं ढूँढ़कर रखता, फिर हम दोनों देखने जाते थे। वही मुझे मेरा वाला टाइम याद आ रहा

था। कभी बुआ को पसंद न आए, कभी नीलम को पसंद न आए, कभी हम सभी को पसंद न आए और फिर करते-करते, जो लड़का नीलम को पसंद आया, वह बुआ को थोड़ा कम जम रहा था, पर नीलू बोली, मुझे तो यहीं करनी है और बस फिर क्या सरेंडर। तब तक मेरी मदर इन लॉ फुल बेड रेस्ट पर थीं और आखिरी पड़ाव में तो उन्होंने बोलना भी बंद कर दिया था।

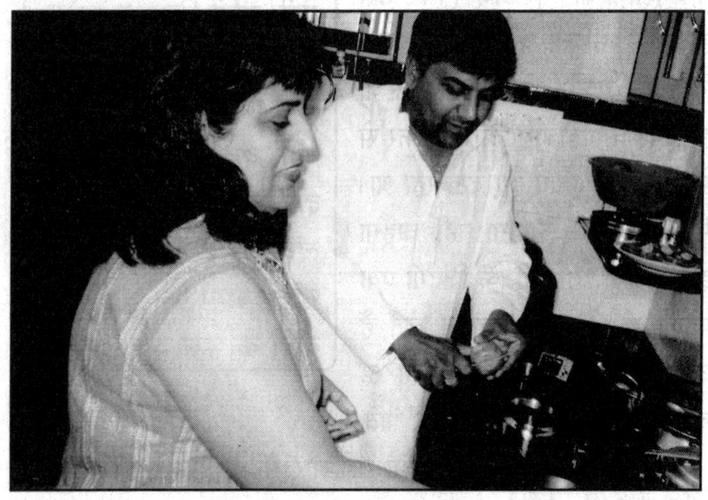

हमने पूछा, "मम्मी ठीक है, कर दें रिश्ता पक्का?" तो उन्होंने बस पलक झपकाई (मतलब हाँ) और अगले दिन ही मेरी माँ जैसी सास यह दुनिया छोड़कर जा चुकी थीं। मैं यह पहले भी देख चुका था, सब सहन कर चुका था, सूखे जख्म फिर से हरे हो गए थे और फिर मैंने मेरे अपनों को खो दिया। उसके बाद हमने ज्यादा देर न करते हुए, नीलम की शादी दो महीने में कर दी। नीलम और प्रेम की शादी बहुत यादगार रही और हम सब में एक अच्छी बॉण्डिंग बन गई। क्योंकि पूनम रेलवे में जॉब कर रही थी तो हमने नीलम की शादी पहले करने का फैसला लिया और इन सबके बाद पूनम बिल्कुल अकेली रह गई।

फिर एक झटका हमें और लगता है, कुछ साल बीते, मेरे खयाल से मंथन के होने से पहले ही, पूनम इस दुनिया को अचानक अलविदा कह देती है। हमने अभी-अभी मम्मी के जाने का गम भुलाया था और अब पूनम? उस हादसे ने कविता को हिलाकर रख दिया था, यकीन ही नहीं हो रहा था हमें, यह क्या हो गया और मैं फिर से मेरे अपने को जाते हुए देख रहा था। मैं ज्यादा कुछ लिखना नहीं चाहूँगा इसपर, बस इतना ही कि जिंदगी एक पहेली ही है, कभी सुलझा लेते हैं और कभी सब उलझा हुआ ही रह जाता है और हम कुछ कर नहीं पाते।

फिर राजी दीदी अजमेर आ गईं और मैंने ठीक मेरे सामने वाला रेलवे बँगला उनको रेंट पर दिलवा दिया। बल्ले-बल्ले हो गई मेरी! दीदी बिल्कुल पास में, अब भूमिका को भी क्रेच छोड़ने की जरूरत नहीं, वह स्कूल से सीधा दीदी के पास और मैं भी लंच टाइम पर गरमागरम खाना खाने मेरी प्यारी दीदी के पास चला जाता।

फिर राजी दीदी अजमेर आ गईं और मैंने ठीक मेरे सामने वाला रेलवे बँगला उनको रेंट पर दिलवा दिया। बल्ले-बल्ले हो गई मेरी! दीदी बिल्कुल पास में, अब भूमिका को भी क्रेच छोड़ने की जरूरत नहीं, वह स्कूल से सीधा दीदी के पास और मैं भी लंच टाइम पर गरमागरम खाना खाने मेरी प्यारी दीदी के पास चला जाता। लाइफ इस तरह वापस से इस स्टेशन से दूसरे स्टेशन की ओर चलने लगी। पर यह भी थोड़े टाइम बाद स्टेशन पर आकर रुक ही गई। मेरे खयाल से 2-3 साल बाद ही राजी दीदी वहाँ से अजय नगर शिफ्ट हो गईं। उन्होंने वहाँ अपना घर बनवा लिया था और हम बैक टु स्क्वायर वन-बेबी क्रेच, छोड़ना-लेने जाना, वही स्कूटर के चक्कर और वही जिंदगी।

□

अध्याय-20

मंथन—मेरी शक्ति, मेरी पहचान

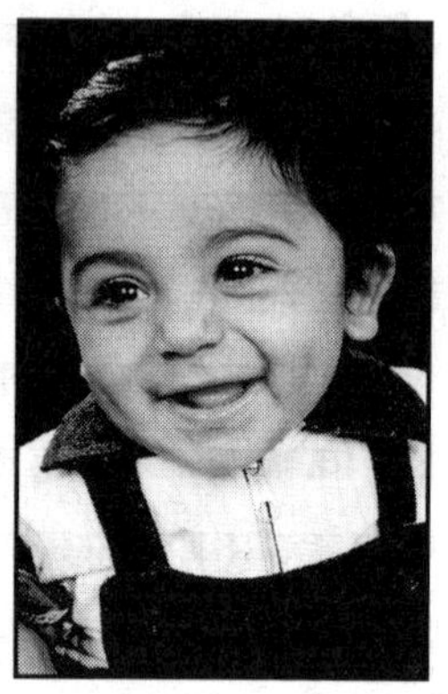

जब भूमिका 5 साल की थी, हमने उसे एक सुंदर सा गुड्डा लाकर दिया था। उसे इतना पसंद आया कि उसे अपने से दूर ही नहीं करती थी, जहाँ जाती थी, वह गुड्डा उसके साथ ही रहता था। कहती थी, "यह मेरा छोटा भाई है" और भगवान् से एक ही प्रार्थना करती थी—"भगवान्, मुझे एक छोटू-सा, मोटू-सा भाई देना।" ऐसी माला जपती थी वह इस नाम की, "मुझे एक छोटू-सा, मोटू-सा भाई देना" हमने सोचा, यही सही समय है, फैमिली कंप्लीट करने का तो हमने सेकंड बेबी की प्लानिंग करी। मेरा शुरू से मानना है, "Two heads are always better than one." मैं खुद इतने भाई-बहनों के बीच रहा हूँ तो मैं भी यही चाहता था, 7-8 नहीं, पर कम-से-कम दो बच्चे, सबसे अच्छे और फिर फाइनली, हमें यह गुड न्यूज भी मिल गई, टेस्ट पॉजिटिव आया और फिर से मेरी आँखों में वही चमक थी। बेहद खुश, मैं फिर से वह सब अनुभव करने वाला था, पर भगवान् को भी क्या जँचती है, पता नहीं कि सारे ट्विस्ट-टर्न्स उन्होंने मेरी लाइफ में ही लिखे हैं। एक दिन मैं और कविता स्कूटर पर बैठकर माता के मंदिर जा

रहे थे, मंदिर के पास पहुँचे और कविता को ब्लीडिंग शुरू हो जाती है। उस वक्त प्रेगनेंसी को कुछ 3 महीने हुए होंगे। तुरंत मैं गाड़ी डॉक्टर की तरफ घुमा लेता हूँ कि चेक करो, क्या पोजीशन है ? वहाँ से ऑटो करके कविता को बैठाया और मैं स्कूटर पर सीधे नर्सिंग होम लेकर गया। वहाँ जाकर भी एक और ट्विस्ट, उन्होंने एडमिट करने से मना कर दिया, उन्हें लगा केस कॉम्प्लिकेटेड है, बहुत ब्लीडिंग हो रही है तो रिस्क है। मैंने बहुत मिन्नतें करीं, फिर वह बोले कि सोनोग्राफी करवाओ, अगर कोई कंप्लीकेशन नहीं हुई तो हम ट्रीटमेंट शुरू कर देंगे। बड़ी मुश्किलों से रेडियोलॉजिस्ट हमें मिली, पर उन्होंने भी ब्लीडिंग देखकर मना कर दिया कि नहीं, नो चांस।

उस वक्त प्रेगनेंसी को कुछ 3 महीने हुए होंगे। तुरंत मैं गाड़ी डॉक्टर की तरफ घुमा लेता हूँ कि चेक करो, क्या पोजीशन है ? वहाँ से ऑटो करके कविता को बैठाया और मैं स्कूटर पर सीधे नर्सिंग होम लेकर गया।

उस पल जैसे मेरी हालत हो रही थी कि काटो तो खून नहीं, परेशानी और डर से मैं पानी-पानी हो रहा था (और मेरे अंदर अजीब से खयाल चल रहे थे कि अगर कुछ ऐसा-वैसा हो गया तो ? कोई ज्यादा कॉम्प्लिकेशन आ गई तो ? वगैरह-वगैरह) फिर थोड़ा जोर देने पर वह सोनोग्राफी करने को राजी हो गईं और फिर एक चमत्कार होता है, बेबी बिल्कुल ठीक है ! माता रानी का लाख-लाख बार धन्यवाद। कविता 3 दिन तक एडमिट रहीं, ट्रीटमेंट चला और सिचुएशन को देखते हुए, मैं नरेश भाई, जानू भाभी और बच्चों को अपने पास रेलवे बँगले में ले आया। पर मेरी मजदूरी तो वही थी, स्कूल छोड़ना, लेने जाना, ऑफिस जाना, फिर हॉस्पिटल के चक्कर। स्कूटर पर चक्कर ही काटता रह जाता था। कविता ठीक हुई और घर वापस आई, पर मुझे एक शॉकिंग न्यूज मिलती है···कविता को बेड रेस्ट करना पड़ेगा, यह प्रेगनेंसी बहुत-

बहुत ज्यादा क्रिटिकल थी। डॉक्टर का कहना था, हो जाए तो बढ़िया और नहीं होने के पूरे-पूरे अनुमान थे, पर मेरा माता रानी पर पूरा-पूरा विश्वास था, वे कुछ भी मेरे साथ गलत नहीं होने देंगी और इस मुश्किल घड़ी में तिवारी फैमिली, जो हमारे पड़ोस में रहने आई थी, उनसे हमारी काफी अच्छी दोस्ती हो गई थी। वे सच में भगवान् के भेजे हुए दूत ही थे। वे मुझे देखते रोज टिफिन ले जाते हुए, भागते-दौड़ते हुए तो एक दिन पूछते हैं, "क्या हुआ राजा भाई?" अपनी परिस्थितियाँ बताते हुए मैं बड़ा लाचार सा महसूस कर रहा था कि खाने की दिक्कत हो रही है और मुझे तो बनाना आता नहीं था। कभी किचन में जाने का मौका ही नहीं मिला। ऐसे में उन्होंने वह बात कही, जो शायद कोई रिश्तेदार भी कभी न कहे, "मेरी बेटी बना दिया करेगी खाना, आप चिंता नहीं करो।" मेरा दिल उनकी बात से इतना भर गया था, जितना शुक्रिया कहूँ उन्हें, उतना कम है।

डॉक्टर का कहना था, हो जाए तो बढ़िया और नहीं होने के पूरे-पूरे अनुमान थे, पर मेरा माता रानी पर पूरा-पूरा विश्वास था, वे कुछ भी मेरे साथ गलत नहीं होने देंगी और इस मुश्किल घड़ी में तिवारी फैमिली, जो हमारे पड़ोस में रहने आई थी, उनसे हमारी काफी अच्छी दोस्ती हो गई थी।

दिन बीते और कविता की सिचुएशन इतनी क्रिटिकल हो गई, अब तो घर पर ही उन्हें ड्रिप चढ़ानी पड़ती थी और इंजेक्शंस लगाने पड़ते थे और पैरों के नीचे हम ब्रिक्स लगाते थे, ताकि पैर बॉडी से थोड़े ऊपर रहें। पहले 15 दिन में एक बार ड्रिप चढ़ती थी, फिर 10 दिन में लगती, फिर हफ्ते में लगती। मेरी पत्नी को मैं सैल्यूट करता हूँ, उन्होंने कम-से-कम सौ इंजेक्शंस लगवाएँगे होंगे और इतनी ड्रिप्स चढ़वाने के बाद भी हिम्मत नहीं हारी। डर की सीमा बढ़ती ही जा रही थी, डॉक्टर डरा

रहे थे कि शायद बेबी का ब्रेन डवलप न हो, कभी क्या, कभी कुछ। क्लॉटिंग इतनी हुई, इतनी हुई, मैं तो खुद देखकर सहम जाता था। थोड़ा समय और बीता और आठवाँ महीना इतना तकलीफ से निकला कि बयान ही नहीं कर सकता। मैं अगर कविता की जगह होता तो मैं तो गिव अप कर देता। मुझसे तो सच में नहीं हो पाता। यहाँ कविता की तकलीफ बढ़ती जाए, वहाँ मेरी प्रार्थनाएँ बढ़ने लगीं और जब नौवाँ माह लगने में सिर्फ दो दिन बचे थे, मैं उन्हें डॉक्टर जानकी के पास लेकर गया। उन्होंने बोल दिया की नौवाँ माह लगते ही पहले दिन ऑपरेशन करा लो। वह ऑपरेशन से पहले वाली रात हम सो नहीं पाए, सिचुएशन अब तो टू मच हो चुकी थी।

मेरी पत्नी को मैं सैल्यूट करता हूँ, उन्होंने कम-से-कम सौ इंजेक्शंस लगवाएँगे होंगे और इतनी ड्रिप्स चढ़वाने के बाद भी हिम्मत नहीं हारी। डर की सीमा बढ़ती ही जा रही थी, डॉक्टर डरा रहे थे कि शायद बेबी का ब्रेन डवलप न हो, कभी क्या, कभी कुछ।

16 सितंबर, 2001—सुबह हम हॉस्पिटल पहुँचे, दस-साढ़े दस बजे थे और अगले एक-डेढ़ घंटे बाद उसे ऑपरेशन थियेटर में लेकर गए। मैं एक बार फिर से टूटकर बिखर रहा था (थोड़ा-थोड़ा), पर माता रानी पर विश्वास उससे भी ज्यादा था, जब कविता ऑपरेशन थिएटर में थी, मैं जमीन पर बैठ गया। आँख से आँसू बहे जा रहे थे, जुबान पर माता रानी के जप चल रहे थे, हाथ जुड़े हुए बस दुआएँ ही माँगे जा रहे थे और 12:05 बजे पर नर्स आती है, "बधाई हो, लड़का हुआ है।" यह सुनकर लग रहा था, जैसे मेरा दोबारा जन्म हुआ था। अब तो आँसू और भी ज्यादा छलक रहे थे। माता रानी ने लाज रख ली मेरे विश्वास की, मेरी भक्ति की। यह किसी बहुत बड़े चमत्कार से कम था क्या कि ऐसी विषम परिस्थितियों में माँ और बच्चा

दोनों ठीक थे। एक परसेंट चांस ने हमें यह जंग जिता दी। आखिर हमारी फैमिली कंप्लीट हो गई। बहन को भाई मिल गया। फिर मैंने पूछा, "बेबी का वेट कितना है?" बोली, "सिर्फ 2 किलो।" कुछ समय के लिए उसे ऑब्जर्वेशन में रखा जाएगा। उस दिन मैंने सिर्फ उसे देखा था और अगले दिन मैंने हाथ में लिया था। आज देखें तो यह लंबा-चौड़ा, एंग्री यंग मैन की तरह है, पर उस समय अगर देख लो तो यकीन नहीं हो। इतने-इतने से हाथ, नॉर्मल बेबी से भी छोटा सा था। उसका नामकरण भी हमने हॉस्पिटल में ही किया, क्योंकि तब तक छुट्टी नहीं मिली थी। मैंने पहले ही नाम सोच रखा था कि अगर लड़का होगा तो 'क्षितिज' रखूँगा। पर नामकरण के समय नाम आया 'म' पर तो हमने रखा 'मानव?' सब बोले, 'मानव?' यह कैसा नाम हुआ? यह मानव तो सब क्या दानव हैं?" यह बात मुझे अच्छी नहीं लगी तो मैंने पंडित जी से पूछा कि नाम बदल सकते हैं क्या? पंडित जी बोले, "यह जिस नक्षत्र में पैदा हुआ है तो इसका नाम 'म' पर रखो" और हमने फिर नाम ढूँढ़ना शुरू किया, गूगल पर, बुक्स में और फिर नाम फाइनल हुआ, 'मंथन' और निक नाम 'मनी'।

"मंथन, सच में तुम समुद्र मंथन से निकले हुए अमृतमयी उपहार हो हमारे लिए। तुम्हें हमने प्रार्थनाओं से ही पाया है।" इसलिए मंथन को मैं अपनी पावर मानता हूँ और उसे इस नाम से बुलाता हूँ। वह जिस तरह से हमारी जिंदगी में आया, पावर तो थी उसमें, पर यहाँ पर भी हमारी प्रोब्लम्स खत्म नहीं हुईं। उसके शुरुआती साल कुछ-न-कुछ चलता रहता था और यहाँ मैं धन्यवाद देना चाहूँगा नर्स आंटी को, जिन्होंने कविता की बहुत सेवा की। कल्लू खान और उनकी फैमिली का, वह मुश्किल के 7-8 महीनों में मेरा घर सँभालने के लिए और उसके बाद भी। उन्होंने हमें कभी अकेला महसूस नहीं होने दिया। तिवारी फैमिली, जो हमारे परिवार की तरह ही थे। मैं शुक्रिया कहना चाहूँगा मीरा आंटी का, जिन्होंने एक माँ की तरह कविता का ध्यान रखा और डिलीवरी टाइम हमारे साथ घर रहीं। हमें हर तरफ से सपोर्ट मिला, उसके लिए जितना थैंकफुल रहूँ, उतना कम है। मंथन एक महीने का हो गया था, पर उसकी ग्रोथ नहीं हो रही थी। हम काफी परेशान थे कि क्या करें और कविता का एक ही सवाल, "यह मोटा कब होगा?" फिर हमें मिली पुष्पा आंटी। सच में वह फ्लॉवर नहीं, फायर थीं। वह रोजाना आती मंथन की मालिश करने और उनकी एक ही शर्त होती थी कि जब वह मालिश करे, तब हम उनके आसपास भी फटकने नहीं चाहिए। हमें लगा यह क्या बात हुई, बच्चे की मालिश होते हुए हम देख भी नहीं सकते? अब हम रोज कमरे के बाहर खड़े हो जाते और मंथन की रोने की आवाज सुनते।

यहाँ मैं धन्यवाद देना चाहूँगा नर्स आंटी को, जिन्होंने कविता की बहुत सेवा की। कल्लू खान और उनकी फैमिली का, वह मुश्किल के 7-8 महीनों में मेरा घर सँभालने के लिए और उसके बाद भी। उन्होंने हमें कभी अकेला महसूस नहीं होने दिया।

एक दिन मैं नहीं माना, जिद करके बैठ गया कि मैं तो देखूँगा, आखिर ऐसा क्या करती है यह और फिर जो दृश्य मैंने देखा, समझ आ गया कि वे मना क्यों कर रही थीं। हाय, मेरा डेढ़-दो महीने का मनी (मंथन), वह जो मालिश करती थी, ऊपर-नीचे, आगे-पीछे, रगड़-रगड़ के, मंथन पूरा लाल पड़ जाता, रो-रो कर हाल-बेहाल और फिर वह उसे यों हवा में उछाल देती और मेरी साँसें वहीं हवा में ही अटक जातीं, जब तक वह वापस उनकी गोदी में नहीं आ जाता, मुझे साँस ही नहीं आती। पर वह इतने कॉन्फिडेंस के साथ कहती थीं, "मेरे हाथ के बच्चे बड़े होकर हमेशा मारकर आते हैं, कभी मार खाकर नहीं आते। यह भी इतना मजबूत बन जाएगा देखना।" कुछ-कुछ सच तो हुई उनकी बात। यह लड़का जो ऐसा दुबला पतला सा, कमजोर सा था, घर का सबसे शैतान, सबसे बदमाश बच्चा है। स्कूल में ऐसी दादागिरी से रहता था, मारना-पीटना, अपनी ऐसी धोंस जमाकर रखता था, किसी की नहीं सुनता था, माँ का लाडला (इतनी मुश्किलों से जो हुआ था) उसको कभी थोड़ा सा भी जुकाम होता तो कविता ऐसी हो जाती, जैसे उन्हें जुकाम हुआ हो।

सच में, वह पुष्पा आंटी के साथ-साथ तिवारी आंटी का बहुत बड़ा हाथ है, मंथन को हट्टा-कट्टा करने में। कविता की जो शिकायत रहती थी कि यह कब मोटा होगा, कब मोटा होगा। जब मंथन एक साल का हुआ, तब वह शिकायतें भी दूर हो गईं।

सच में, वह पुष्पा आंटी के साथ-साथ तिवारी आंटी का बहुत बड़ा हाथ है, मंथन को हट्टा-कट्टा करने में। कविता की जो शिकायत रहती थी कि यह कब मोटा होगा, कब मोटा होगा। जब मंथन एक साल का हुआ, तब वह शिकायतें भी दूर हो गईं। ऐसा मस्त घुँघराले बाल,

गोलू-मोलू। मुझे तो यकीन नहीं होता कभी-कभी कि यह वही 2 किलो वाला मनी है। भूमिका हमेशा कहती, "हाँ-हाँ, मैं तो फ्री में आ गई थी न, इसलिए मेरी वैल्यू नहीं है।" वह तो मेरी जान है। कैसे बताए कि सारी दुनिया में ऐसी कोई भाषा ही नहीं है, ऐसे लफ्ज ही नहीं, जो माँ-बाप का प्यार बयान कर सकें, बच्चों की अहमियत उन्हें बता सके। बच्चों को बड़ा लेट समझ आता है, लेकिन तब तक बहुत देर हो चुकी होती है। जब भूमिका हुई थी, तब मुझे रेलवे बँगला अलॉट हो गया था। जब मंथन हुआ, वह भी मेरे लिए इतना लकी साबित हुआ कि मुझे प्लॉट मिल गया और अगले एक साल में मैंने खुद का घर भी बनवा लिया। मैंने कार भी खरीद ली थी (मारुति 800) मेरे सितारे तभी से और भी ज्यादा बुलंद हो गए थे। रेलवे बँगले से सीधा सात बँगला कॉलोनी।

जब मंथन दो ढाई साल का हुआ, तब मैं इसे प्ले स्कूल छोड़ने जाया करता था, रामगंज से गोविंद नगर। पूरे रास्ते यह गीत गाता हुआ चलता, "डैड, यह साइकिल दिला दो, डैड चॉकलेट दिलाओगे तभी स्कूल चलूँगा, डैड मिठाई की दुकान आ गई है, यह दिला दो।" थोड़ा

आगे चलते तो, "डैड, कचौरी दिख रही है, यह दिला दो।" इतना नौटंकी था, गाड़ी में बैठने से गोविंद नगर पहुँचने तक, जो चीज रास्ते में दिखती थी, बस वह दिला दो इसको। लास्ट में स्कूल पहुँचने से जस्ट पहले बोलता था, "डैड, अब चौकी तो दिला दो, दो रुपए की।" और मैं वही दिलाता था। वह बेटा तो मैं भी डैड हूँ। कहीं हम दूसरी जगह जाते थे तो बैलून दिला दो, गोला खिला दो। वैरी-वैरी डिमांडिंग चाइल्ड। कहीं कोई चीज दिखेगी तो मतलब उसे चाहिए होती थी।

एक बार की बात है, जब हम चारों सिंगापुर घूमने गए थे, वहाँ यूनिवर्सल स्टूडियो देखने गए तो यह गुम हो गया, पता नहीं कहाँ गया। हमारी साँसें ऊपर की ऊपर, नीचे की नीचे। उसके पास न फोन न कुछ, अब हम उसे ढूँढ़ें तो ढूँढ़ें कैसे? 4 घंटे इधर-उधर ढूँढ़ने के बाद वह मिला हमें तो बोलता है, "आप सब इतना धीरे-धीरे चल रहे थे तो मैं आगे चला गया। डैड, पूरा स्टूडियो देख लिया मैंने, मस्त है।" उस टाइम तो ऐसा गुस्सा आया कि ऐसी की तैसी स्टूडियो की, तूने जो हमारी परेड

कराई है, सारा सिंगापुर यही घूम लिया मैंने तो। बेटे का पिता होने का रिश्ता अलग ही होता है, पहले आप उनके गाइड बनते हो, फिर उनके मेंटर बनते हो और फिर दोस्त। कहते हैं न, जब बेटे का पाँव पिता के जूते में आने लगे तो समझ जाओ, दोस्त बनने का समय आ गया है। बस वही समय आ गया था। मैं अब उसका दोस्त ही हूँ तो 80 प्रतिशत उन्हें पूरी छूट है, कुछ भी करो, एन्जॉय करो, लाइफ जियो। मैं कभी उनको फोर्स नहीं करता। पर 20 प्रतिशत तो पिता वाली भावना रखनी ही पड़ती है, ताकि बच्चे आउट ऑफ ट्रैक न हो जाएँ। उसकी कुंडली में यह लिखा हुआ है कि यह अपने पिता को बहुत आगे लेकर जाएगा, फिलहाल मुझे तो लग रहा है ऐसा। मंथन के शौक बिल्कुल मेरे जैसे ही हैं, फैशनेबल है, उसे कारों का बहुत शौक है, मेरी तरह ही उसे लाइफ एन्जॉय करने का शौक है।

उसके रास्ते में भी थोड़ी मुश्किलें आईं, कोविड की वजह से वह अपनी ग्रैजुएशन के लिए विदेश नहीं जा सका। हमें दुःख तो है, पर मैं समझता हूँ, यह बहुत छोटी सी मुश्किल थी, अभी उसे जीवन में कई तूफानों का सामना करना है और मुझे खुशी है कि मेरा बेटा पूरा तैयार है।

उसके रास्ते में भी थोड़ी मुश्किलें आईं, कोविड की वजह से वह अपनी ग्रैजुएशन के लिए विदेश नहीं जा सका। हमें दुःख तो है, पर मैं समझता हूँ, यह बहुत छोटी सी मुश्किल थी, अभी उसे जीवन में कई तूफानों का सामना करना है और मुझे खुशी है कि मेरा बेटा पूरा तैयार है। अपने पिता के कंधे से कंधा मिलाकर वह चल पड़ा है अपनी मंजिल की ओर। वह शुरू से डिमांडिंग तो था, पर उसकी यह आदत मुझे मेरे बिजनेस में भी देखने को मिली। अब उसकी डिमांड है तरक्की की, सफलता की, अब वह सच में मेरी पावर बन रहा है। जिस तरह समय

के साथ-साथ हमें भी बदलना पड़ता है, ठीक उसी तरह बिजनेस को भी नए जमाने की सोच की जरूरत होती है। मंथन भी बिजनेस को एक नई सोच के साथ, नए जोश के साथ अपनी पूरी ताकत लगाने को तैयार है।

वह समय था, जब हम सतगुरु इंटरनेशनल स्कूल के लॉञ्च की तैयारी कर रहे थे, कोविड का वह मुश्किल दौर, पर वह सब जैसे एक पल की तरह गुजर गया, क्योंकि मंथन का पूरा सपोर्ट रहा। स्कूल की यूनिफॉर्म्स से लेकर किताबों तक, सब मंथन ने इतनी आसानी से हैंडल किया। मैं तब ही समझ गया था कि उसका विजन क्या है और कितनी दूर तक जा सकता है। जब 'दीपमाला' अपार्टमेंट्स की बारी आई, तब यह मंथन का ही टेक्निकल दिमाग था, जिसने लगभग सारे फ्लैट्स बुक करवाने में हमें सपोर्ट किया। सच कहूँ, मुझे बेहद खुशी थी, मेरे दोनों बच्चों में वे सारे गुण खुद-ब-खुद आ गए थे, मुझे ज्यादा कुछ सिखाना ही नहीं पड़ा।

वह समय था, जब हम सतगुरु इंटरनेशनल स्कूल के लॉञ्च की तैयारी कर रहे थे, कोविड का वह मुश्किल दौर, पर वह सब जैसे एक पल की तरह गुजर गया, क्योंकि मंथन का पूरा सपोर्ट रहा। स्कूल की यूनिफॉर्म्स से लेकर किताबों तक, सब मंथन ने इतनी आसानी से हैंडल किया। मैं तब ही समझ गया था कि उसका विजन क्या है और कितनी दूर तक जा सकता है।

मुझे अपने दोनों बच्चों पर पूरा-पूरा विश्वास है। जिंदगी के जो मुकाम मैंने पाए हैं, वे भी इसी तरह पाएँगे, यह मेरा आशीर्वाद है उन दोनों के लिए।

□

अध्याय–21

मेरे सपनों का महल "MOH-DEW"

पता है, समय की सबसे अच्छी आदत क्या है ? यह कभी भी बदल सकता है ! मेरी जिंदगी में जो यह समय बदला, ऐसा बदला कि मेरे कदम कभी पीछे नहीं हटे, मैं आगे बढ़ता गया, बढ़ता गया और बस बढ़ता ही गया। हाँ, यहाँ से मेरे जीवन के बदलाव की कहानी शुरू होती है। समझ लीजिए, यह इंटरवल के बाद की कहानी है।

मेरी ड्राइविंग बहुत ज्यादा हो जाया करती थी, बहुत परेशान भी होता था, पहले भूमिका को स्कूल छोड़ने जाओ, फिर आओ, फिर कविता को छोड़ने जाओ, फिर खुद के ऑफिस जाओ, फिर वापस

भूमिका को लेने जाओ, कविता को लेने जाओ, उफ्फ्फ्फ। मंथन के होने के कुछ समय बाद ही कविता ने ऑफिस ज्वॉइन कर लिया था। भूमिका थोड़ी बड़ी थी तो वह अकेली घर पर रह लेती थी, पर मंथन के साथ मेरा वही रुटीन शुरू होने वाला था, वही बेबी क्रेच वाला। एक और स्कूटर के चक्कर से बचने के लिए मैंने सामने तिवारी आंटी से बात की कि वह अगर मंथन को सँभाल लें तो? आंटी मान गईं (चलो एक चक्कर तो बचा), फिर भी मैंने सोच लिया था कि कविता का ट्रांसफर मुझे अजमेर करवाना ही पड़ेगा। मेरी सेहत पर काफी असर पड़ रहा रहा था, धूप में घूम-घूम कर रंग साँवला पड़ रहा था। तो मैंने समाधान निकाला, घर चेंज करना पड़ेगा और मेरी सर्च हंट शुरू होती है। भूमिका का एडमिशन हमने सोफिया से कॉन्वेंट में करवाया था, तभी से मैं अलवर गेट की तरफ घर ढूँढ़ने में लग गया था। तब तक कविता का ट्रांसफर भी मैंने अजमेर ही करवा दिया था, थैंक्स टू कंग सर, जिन्होंने मेरी बहुत मदद की ट्रांसफर करवाने में। डेस्टिनी कहाँ-से-कहाँ ले जाती है, किसी को पता नहीं पड़ता।

मेरे भाई (किशन भाईसाहब) हर साल सावन के महीने में शहस्त्रा धारा करवाते थे और प्रसादी होती थी। उस साल आराम होटल, LIC कॉलोनी में गोठ रखी गई। जब मैं वहाँ गया तो बातों-बातों में मैंने घर लेने की बात कही। इतने में मेरे दूर के रिश्तेदार (जीजाजी) बोलते हैं, "भाई, मैं तो अहमदाबाद शिफ्ट हो रहा हूँ, अपना बँगला बेच रहा हूँ। वे सात बँगला कॉलोनी में रहते थे। मेरे तो कान हाथी से भी लंबे हो गए। "मकान बेच रहे हो? कितने गज का है? कितने में बेच रहे हो?"

उनका घर 500 गज का और कीमत भी फिर वैसी ही थी। मैंने कहा, "ओह्ह्ह जीजाजी, इतने तो नहीं है मेरे पास।" (उस जमाने में लाखों का घर मतलब इस जमाने में करोड़ के बराबर थे, कहाँ से लाता मैं इतने पैसे? सेविंग्स थीं, पर इतनी नहीं थी) और फिर उनकी कही बात ने मानो मैजिक कर दिया था। वह बोले," प्लॉट भी है।" "प्लॉट क्या बात कर रहे हो। हाँ, प्लॉट ले सकता हूँ मैं।" कहाँ पता था कि वही मेरी डेस्टिनी, मेरे सपनों का पहला घर बन जाएगा। मैं ढूँढ़ रहा था अलवर गेट के आसपास, सावन की गोठ में गया वैशाली नगर और मेरा घर मिला मुझे सात बँगला कॉलोनी में। शिवजी ने बहुत घुमाया मुझे। अगले ही दिन हम प्लॉट देखने गए। कॉलोनी देखकर मैं बड़ा खुश हुआ।

> ***उनका घर 500 गज का और कीमत भी फिर वैसी ही थी। मैंने कहा, "ओह्ह्ह जीजाजी, इतने तो नहीं है मेरे पास।" और फिर उनकी कही बात ने मानो मैजिक कर दिया था।***

1. मेरे लिए सब आसपास थे, ऑफिस, स्कूल, सब अब ज्यादा दूर नहीं थे।
2. प्लॉट लोनेबल है।
3. वहाँ काफी सिंधी परिवार भी रहते हैं तो मुझे बड़ा अपनापन सा लगा।

पर दो माइनस पॉइंट भी थे—

1. उस प्लॉट के सामने तीन छोटे-छोटे मकान बने हुए थे।
2. इस कॉलोनी में न तो रोड था, न ड्रेनेज था, कुछ नहीं था।

मुझे जगह पसंद आ गई"'प्लॉट था 250 गज का, पर मैंने अपने बजट को देखते हुए उसका आधा प्लॉट लिया, यानी कि 125 गज। जो रेट उन्होंने बताया, वह मार्किट से थोड़ा ज्यादा ही था। थोड़ा भाव-ताव कराया, पर नहीं माने। ठीक है, मैं रूप भाईसाहब के साथ कुछ रुपए

एडवांस लेकर गया और प्लॉट बुक करा लिया अपने नाम। दिल को सुकून आया कि चलो, शुरुआत तो हुई। फिर मैंने रेलवे से मेरे पी.एफ. अकाउंट से लोन लिया, बाकी मेरी सेविंग्स में से मिलाए और चल पड़ी मेरी गाड़ी। सरकारी नौकरी में होने के आपको कई फायदे मिलते हैं, अच्छे कॉण्टेक्ट्स बन जाते हैं तो आपका काम भी जल्दी हो जाता है।

मेरे घर का नक्शा भी पास हो गया। धर्मेंद्र जैन (अजमेर के जाने-माने आर्किटेक्ट) ने मेरे घर G +1 का नक्शा बनाया। यह सब होने के बाद अब आगे क्या? डॉ. तिलोकानी साहब को मैंने घर बनाने का कॉण्ट्रैक्ट दिया और बोला, "डॉ. साहब, यह लो, बनाओ मेरा घर, मेरे बेटे का फर्स्ट बर्थडे मैं इसी घर में मनाऊँगा।" मेरी जिंदगी का वह सपनों का पहला घर, आखिरी नहीं बोलूँगा, क्योंकि आगे मेरे इतने घर बनने वाले थे, मुझे पता ही नहीं था। यह तो बस शुरुआत थी। आप विश्वास नहीं करेंगे, मेरा घर वाकई 8 महीनों में कंप्लीट हुआ और इतना बढ़िया घर बनवाया उन्होंने। मैं रोज शाम को ऑफिस के बाद घंटा, दो घंटा बैठ जाता था और मेरा घर बनते हुए देखता था। अपने साथ एक लोअर और टी शर्ट लेकर जाता था, तराई करता था और जब छत डल रही थी तब तो ऑफिस से छुट्टी ली थी, क्योंकि आज का दिन सबसे खास है, मेरे सिर पर छत आ गई हो जैसे। मेरे सपनों का घर मैंने वाइट पेंट करवाया था। मेरे लिए तो वह ही मेरा व्हाइट हाउस था और मेरे घर का नाम—MOH-DEW (मेरी मम्मी-डैडी के नाम को मैंने जोड़कर यह नाम बनाया, हैशटैग्स का जमाना तो अब आया है, हम तो उस जमाने से ही स्मार्ट थे,) सिर्फ शब्द ही नहीं जुड़े थे, मतलब भी था इस नाम का—Moh माने मोहने वाला और Dew यानी ओस की बूँद। ऐसा घर जिसको ओस की बूँद भी मोह लेती है। सबने बड़ी तारीफ की। मेरी जिद थी कि हम आधे-अधूरे घर में शिफ्ट नहीं होंगे, उसे पूरा सजाकर, कंप्लीट करके ही हम वहाँ कदम रखेंगे।

मेरी जिंदगी का वह सपनों का पहला घर, आखिरी नहीं बोलूँगा, क्योंकि आगे मेरे इतने घर बनने वाले थे, मुझे पता ही नहीं था। यह तो बस शुरुआत थी। आप विश्वास नहीं करेंगे, मेरा घर वाकई 8 महीनों में कंप्लीट हुआ और इतना बढ़िया घर बनवाया उन्होंने।

ठीक, तो साहब इंटीरियर की चीजें आना शुरू हुईं, परदे, फर्नीचर, फैंसी लाइट्स आदि और देखते-ही-देखते पैसे खत्म होने लगे। एक पॉइंट ऐसा आ गया कि घर पूरा कैसे होगा ? सामान तो है ही नहीं, यहाँ मंथन बड़ा हो रहा था, यहाँ घर कंप्लीट हो रहा था। कविता मेरी सपोर्ट बनी और घर बन गया। पर मुझे याद है, मुहूर्त के वक्त वहाँ पंखे दो ही लगे थे (पैसे जो खत्म हो गए थे,) मैं ऐसा ही हूँ, 500 लोगों को बुलाकर सेलिब्रेशन कर रहा हूँ, उन्हें डिनर करा रहा हूँ, इन सबपर खर्चा कर रहा हूँ। पर घर में पंखे नहीं लगवा रहा हूँ। उनको बाद में लगवा सकता हूँ। पर यह यादगार पल वापस कभी नहीं आने वाला, इसे सँभालकर रखना मेरे लिए ज्यादा जरूरी था, अभी भी है और हमेशा रहेगा। जैसा कि कहते हैं, यह जिंदगी न मिलेगी दोबारा। मुझे पार्टी करना, डांस करना, गाने गाना, मस्ती करना, एन्जॉय करने में ज्यादा मजे आते हैं। मेरी खुशी का ठिकाना नहीं था।

ठीक, तो साहब इंटीरियर की चीजें आना शुरू हुईं, परदे, फर्नीचर, फैंसी लाइट्स आदि और देखते-ही-देखते पैसे खत्म होने लगे। एक पॉइंट ऐसा आ गया कि घर पूरा कैसे होगा ? सामान तो है ही नहीं, यहाँ मंथन बड़ा हो रहा था, यहाँ घर कंप्लीट हो रहा था।

16 सितंबर, 2002—मंथन मेरे लिए इतना लकी साबित हुआ कि सिर्फ बर्थडे ही नहीं, हमने ट्रिपल सेलिब्रेशन किया। सुबह मुंडन, दिन में बर्थडे और शाम को हाउस वार्मिंग। हाय, क्या दिन था। खुशियों से भरा, सबकी दुआओं से मेरी झोली भर गई थी।

कहते हैं न, Well begun is half done...वैसे ही वह सपनों का महल (वह महल ही था मेरे लिए) मेरी जिंदगी की फ्लाइट का टेक ऑफ था।

□

अध्याय–22

मारुति की सवारी

सपनों का घर भी बन गया, स्कूटर, मेरी फेवरेट लाल अपाचे बाइक, काली पल्सर बाइक भी थी मेरे पास, अब चाहिए थी तो बस एक कार और मुझे पसंद आई मारुती 800—करीब 2 लाख रुपए की बढ़िया गाड़ी। मैं शोरूम पर गया, कार तो मैं लोन पर ही ले सकता था, क्योंकि सारे पैसे घर में लग गए थे। तो 85 % गाड़ी फाइनेंस करवाई, पर डाउन पेमेंट करने के लिए मेरे पास 20000 रुपए भी नहीं थे। फिर मैंने LIC की मनी बैक पॉलिसी से बीस हजार का लोन लिया। 17000 का डाउन पेमेंट किया और बचे 3000 की कार एक्सेसरीज लेकर गाड़ी उठा ली। पर मैं तो शुरू से ही जिद्दी था, जो चीज इंपॉसिबल होती है, मुझे वही काम करने होते हैं। घर वाइट तो गाड़ी भी वाइट–ब्रांड, न्यू वाइट मारुती लेकर मैं तैयार था सेलिब्रेट करने के लिए, पर उफ्फ! मुझे ड्राइविंग ढंग से आती ही नहीं थी और नई गाड़ी पर तो कैसे प्रैक्टिस करूँ, कहीं भिड़-विड़ जाए तो? तो मैं शोरूम के ड्राइवर को लेकर चला सीधे कविता के ऑफिस उन्हें पिक करने। (मैंने बताया नहीं था अभी किसी को भी कि कार ले ली है, कविता को सरप्राइज देने वाला हूँ) जैसे ही मैं उनके ऑफिस पहुँचा, वह देखकर हैरान, "किसकी गाडी़ है?" "अरे बैठो तो सही, फिर बताता हूँ। अपनी कार है।" कविता अचंभित, "अपनी कार मतलब? मजाक कर रहे हो?" उन्हें तब तक विश्वास नहीं हुआ, जब

तक हम मंदिर नहीं गए और मैंने मिठाई नहीं खिलाई।...वह बड़ा नाराज हुई मुझपर और हो भी क्यों न, उनका कहना बिल्कुल सही था कि अभी तो घर बनवाया है, उसमें पूरा सामान नहीं लगा, किश्त शुरू हो गई हैं, लोन सर पर है और अब एक और कार का लोन। सारी सैलरी किश्त चुकाने में लगा दोगे तो घर कैसे चलेगा?

यह सब तो मैंने सोचा ही नहीं था। मुझे यह सब कार लेने के दो-चार दिन बाद एहसास हुआ कि हाँ, अब इन सबको मैं मैनेज कैसे

करूँगा? और खुशियों को साइड में रखकर, मैं अपनी कॉलोनी में ही शिवजी का मंदिर है, वहाँ जाकर बैठ गया और हमेशा की तरह भगवान् से इसका समाधान माँगा। एक दिन उनकी कृपा बरसी। मंदिर में एक आंटी आईं और मुझसे पूछती हैं, “हमने आपके बारे में बहुत सुना है। क्या आप अब भी ट्यूशंस लेते हैं? क्या आप मेरे बच्चों को ट्यूशंस दे देंगे?” मैंने फटाक से बोला, “जी, मुझे बच्चों को पढ़ाना, उनको गाइडेंस देना और भविष्य में वह कौन कौन-सी फील्ड में अपना कॅरियर बना सकते हैं, उसमें मुझे बहुत आनंद व संतुष्टि मिलती है तो मैं पढ़ा दूँगा। “उन्होंने एक नहीं, अपने दोनों बच्चों के लिए हाँ कर दी। मैंने उन्हें अच्छी तरह से पढ़ाया और उनके रिजल्ट्स बहुत अच्छे आए। धीरे-धीरे मैं कॉलोनी में फेमस होने लगा तो दो से चार, चार से आठ बच्चे होने लगे। इंस्टॉल्मेंट्स, पेट्रोल और मेरे एक्स्ट्रा खर्चे तो ट्यूशंस के पैसे से निकल जाते। इस तरह से मैंने फिर से ट्यूशंस पढ़ाना शुरू कर दिया। थोड़ी देर के लिए मेरी रफ्तार थमी जरूर थी, पर रुकी नहीं और मैं चल पड़ा अपनी जिंदगी को नए पंख लगाने।

> ***मैं अपनी कॉलोनी में ही शिवजी का मंदिर है, वहाँ जाकर बैठ गया और हमेशा की तरह भगवान् से इसका समाधान माँगा। एक दिन उनकी कृपा बरसी। मंदिर में एक आंटी आईं और मुझसे पूछती हैं, “हमने आपके बारे में बहुत सुना है। क्या आप अब भी ट्यूशंस लेते हैं? क्या आप मेरे बच्चों को ट्यूशंस दे देंगे?”***

□

अध्याय-23

बाबाजी से मुलाकात— जादुई सफर की शुरुआत

सन् 2003—यहाँ एंट्री होती है हमारे बाबाजी की, यानी कि नरेन गुरनानी, मेरा अजीज, मेरा करीबी, मेरी जिंदगी में बेहतरीन दोस्त, मेरे जिगर का टुकड़ा! नरेन इस धरती पर वह बेहतरीन इनसान है, जिसकी कोई सिर्फ कल्पना ही कर सकता है और मैंने तो साक्षात् अपने जीवन में ऐसा दोस्त पाया है। माता रानी उस दिन मुझपर कुछ ज्यादा ही मेहरबान हुई होंगी, जिस दिन मैं नरेन से मिला। प्यार से उन्हें मैं 'बाबाजी' बुलाता हूँ। सच में वे बाबाजी ही हैं, जिन्होंने मेरी लाइफ को मैजिक से भर दिया। मेरे जीवन को ऐसी दिशा दी, जो मैं अकेला तो कभी नहीं जा सकता था। नरेन, यह शब्द सिर्फ एक नाम नहीं, बल्कि मेरे जीवन का एक महत्त्वपूर्ण हिस्सा है। नरेन को जितना चाहूँ, उतना कम है। वह मेरा सबसे बड़ा समर्थक, मेरा मार्गदर्शक है और हमेशा रहेगा।

नरेन के साथ मेरी मित्रता एक अद्वितीय रिश्ता है, जिसे शब्दों में व्यक्त करना मुश्किल ही नहीं, नामुमकिन है। हमने मिलकर अपने सपनों को हकीकत में बदला है और उसने मुझे सच में सफलता की ऊँचाइयों पर पहुँचा दिया है। वह मेरा साथी है मेरे सुख में, मेरे दुःख में, मेरी जीत में, मेरी हार में। वैसे तो बाबाजी दुबई में रहते हैं, पर मेरे

बस बुलाने की देर होती है और वह हाजिर हो जाते हैं। यह मीलों की दूरी कभी महसूस ही नहीं हुई हमारे बीच। कभी वह आ जाते तो कभी मैं चला जाऊँ। नरेन, जो कभी भी गिरने वाले को उठाने का जादू रच सकता है, मेरे जीवन में सच्चे दोस्त की मिसाल है। वाकई, नरेन पर मैं 500 पन्नों की एक अलग किताब लिख सकता हूँ, नरेन वह है मेरे लिए। भगवान् किसको कहाँ से मिलता है, आप यह ध्यान से महसूस करना। वह जादू फील होगा। नरेन से मैं पहली बार उन्हीं की शादी में मिला था और जानते हैं, उनकी शादी किस से हो रही थी? 'रजनी' से, मीरा आंटी की बेटी। वही मीरा आंटी, जिन्होंने मंथन के जन्म के समय, कविता को माँ की तरह सँभाला, जो हॉस्पिटल में कविता का खाना भिजवाती थीं और घर पर रहीं हमारे साथ करीब 15 दिन। पूरे डिलीवरी टाइम आंटी ने ही देखभाल की थी। आंटी खाना बनाती थीं और रजनी खाना हॉस्पिटल लेकर आती थी। मेरे लिए वह मेरी फैमिली का हिस्सा थीं और आज भी हैं।

एक दिन आंटी आती हैं, मुझसे बोलती हैं, "राजा, रजनी को एक लड़का पसंद है, ब्यावर का है, दुबई में रहता है, दोनों एक-दूसरे को दिल से चाहते हैं, तुम बताओ क्या करना चाहिए?" अंकल थे नहीं, बस वह, उनका बेटा और 3 बेटियाँ ही थीं और मुझे वह बड़ा बेटा मानती थीं। पर कोई लव स्टोरी हो तो दिलचस्पी तो आ ही जाती है और यह तो नरेन साहब की स्टोरी थी भाई, कोई मजाक है क्या? रजनी अलवर गेट वाली LIC कॉलोनी में रहती थी और नरेन के भाई का घर भी उसी कॉलोनी

में था तो वह वहाँ आता-जाता रहता था, रजनी का भी वहाँ आना-जाना रहता था तो फिर मुलाकात हुई, फिर दोस्ती हुई और दोस्ती प्यार में बदल गई। यह प्यार अब अपनी मंजिल की ओर चल पड़ा था। ज्यादा सोचना नहीं पड़ा और रिश्ता पक्का हो गया। शादी हुई ब्यावर में, मैं भी गया था शादी में और बताऊँ, मुझे वहाँ रजनी का नाना बनाकर खड़ा कर दिया था। (हमारे सिंधियों में शादी के टाइम छोटी-छोटी पूजा होती हैं, कोई दादा करता है, कोई नाना, ऐसे करके। पर अगर वह जीवित नहीं होते तो पूजा के लिए किसी को दादा, नाना, मामा बना दिया जाता है) अरे, बनाते तो मामा बनाते न, या भाई बना देते, यह नाना का क्या हिसाब हुआ! आज भी उनकी शादी की वीडियो है, मैं खड़ा हूँ नाना बने हुए। तब तक मेरी नरेन से सिर्फ हाय-हैलो ही थी। असली बात तो वहाँ से शुरू हुई, जब वे दोनों वैष्णो देवी से वापस आए। (वह ट्रिप भी मैंने ही बुक करके दी थी उनको, अब अगर नाना रेलवे में होगा तो क्या इतना भी नहीं करेगा?) हम बैठे, खूब सारी बातें कीं और बातों-बातों में रात के 10 बज गए थे। वे लोग अपने घर गए और 10.45 बजे नरेन मुझे वापस फोन करते हैं, "भैया, एक बार वापस मिलें?" मैंने कहा, "ठीक है, कल मिलते हैं।" नहीं भैया, अभी मिलना है, आ जाओ न आप। "मुझे लगा, कोई मेरे जैसा ही मस्तीखोर मिल गया मुझे। बस उनका इतना कहना हुआ और मैं स्कूटर उठाकर रवाना।

रजनी अलवर गेट वाली LIC कॉलोनी में रहती थी और नरेन के भाई का घर भी उसी कॉलोनी में था तो वह वहाँ आता-जाता रहता था, रजनी का भी वहाँ आना-जाना रहता था तो फिर मुलाकात हुई, फिर दोस्ती हुई और दोस्ती प्यार में बदल गई। यह प्यार अब अपनी मंजिल की ओर चल पड़ा था। ज्यादा सोचना नहीं पड़ा और रिश्ता पक्का हो गया।

हम रात दो बजे तक गप्पें मार रहे थे, वक्त का पता ही नहीं चला। बस वह दिन है और आज का दिन है, यह नरेन-राज नाम की दोस्ती का मैजिक बरकरार है हमारी जिंदगी में। हमारी दोस्ती को बीस साल से भी ज्यादा हो गए, पर लगता है कि बचपन से साथ हैं। नरेन जैसा बेहतरीन, इतना सहज इनसान मैंने आज तक नहीं देखा। भगवान् ने ऐसा वन पीस ही बनाया है। दुबई में नरेन लगभग तीस वर्षों से है। अब तो वह 'पराँठा किंग' (उनका chain of restaurants)। हाँ भाई, वह भी कोई राजा-महाराजा से कम नहीं है। एक बार जब नरेन दुबई से अजमेर आए, तब हम सबको बुलाया और अपनी एक इच्छा हमारे सामने रखी, "मैं चाहता हूँ, एक विधवा संस्था शुरू करूँ, जिसमें उनके और उनके बच्चों का आम खर्चा होता है, वह मैं देना चाहता हूँ।" अपने साले की तरफ उम्मीद से देखते हुए कहते हैं, "बंटू तू कर ले, पैसे मैं हर महीने तुझे भेजता रहूँगा।" बंटू ने साफ मना कर दिया। नरेन की शक्ल छोटी हो गई कि छोटी सी यह ख्वाहिश भी कोई पूरी नहीं कर सकता। फिर मैं

बोला, "मैं करूँ?" मेरा बिजी शेड्यूल नरेन जानते थे, बोले, "आपके पास कहाँ टाइम है? ऑफिस जाते हो, ट्यूशंस पढ़ाते हो, आना-जाना भी इतना होता है, आप कैसे करोगे?" मैं बोला, "हाँ-हाँ, टाइम निकाल लूँगा, मैं कर लूँगा, डोंट वरी।" ठीक है, बात तय हो गई। शुरू में मुझे कुछ पाँच विधवा औरतें मिलीं और सेवा शुरू हुई। नरेन ने वहाँ से पैसे भेजना शुरू किए और मैंने उनका यह परोपकार का काम शुरू कर दिया। रेलवे में मेरे एक साथी थे, जिनकी परचून की दुकान थी तो वहाँ से मैंने जो सामान की लिस्ट होती थी, वह फिक्स कर ली थी और हर महीने वहाँ से पाँच पैकेट्स जाते थे।

नरेन ने वहाँ से पैसे भेजना शुरू किए और मैंने उनका यह परोपकार का काम शुरू कर दिया। रेलवे में मेरे एक साथी थे, जिनकी परचून की दुकान थी तो वहाँ से मैंने जो सामान की लिस्ट होती थी, वह फिक्स कर ली थी और हर महीने वहाँ से पाँच पैकेट्स जाते थे।

एक दिन रजनी की गाड़ी से किसी को टक्कर लग गई, वह आदमी बेहोश हो गया और सबको लगा कि मर गया है, पुलिस केस होगा साहब। अब यहाँ नरेन के फोन पर फोन, "राजा भैया, मेरी रजनी को कुछ नहीं होना चाहिए, आप देख लेना, सँभाल लेना, बचा लो प्लीज।" ऐसे कैसे कुछ होने देता मैं, रजनी और पुलिस के बीच राजा नाम की मोटी व मजबूत दीवार खड़ी थी। मैं हॉस्पिटल गया, वहाँ उस आदमी के इलाज का सारा खर्चा उठाया, फिर पुलिस स्टेशन गया (उस वक्त तक मेरी गुडविल बहुत अच्छी हो गई थी, इतनी ट्यूशंस लेता था, घूमता था तो कहीं-न-कहीं कोई-न-कोई मेरी पहचान वाला भी मिल ही जाता था।) वहाँ भी मिल गया और मेरी सूझ-बूझ से मामला रफा-दफा हो गया। इस किस्से ने नरेन और मेरी दोस्ती को और गहरा कर दिया था। वह एक-दूसरे पर जान न्योछावर

करने वाली दोस्ती, कैसे यह दोस्ती बिजनेस पार्टनरशिप में बदली, चक्र घूमता है और मेरी लाइफ का अगला टर्न आता है।

साल बीते, हमारी सात बँगला कॉलोनी को मैंने और विजय अरोरा जी ने डवलप करना शुरू किया और मैं कॉलोनी का सेक्रेटरी बन गया। साथ ही मुझे रियल एस्टेट के काम में थोड़ी दिलचस्पी आई। मैं नरेन को रोज फोन करके सारी बातें बताता था, लोग लोकल में भी इतनी बात नहीं करते होंगे, जितना हम ISD पर करते थे। उस जमाने में कहाँ व्हाट्सएप कॉलिंग थी, नॉर्मल आउटगोइंग-इनकमिंग होती थी। उन्हें भी इस इंडस्ट्री में रुचि आने लगी, बस फिर तो बाबाजी ने छड़ी घुमाई और हम दोनों रियल एस्टेट का काम करने लगा। महीने, दो महीने के बाद कॉलोनी में एक और प्लाट था 160 गज का, मेरे पहचान वाले थे, रेलवे में हमारे साथ थे तो वह भी डील मैंने और नरेन ने की। वह एग्रीमेंट के भीतर ही प्रोफिट पर बेच दिया। तब तक मैं ट्रिक समझ गया था, बोलने में होशियार हूँ

ही अभी भी, उस टाइम तो और भी बिंदास था मैं। मुझे मजा आने लगा। एक दिन नरेन बोले, "अपन एक काम करें? ज्यादा प्रॉपर्टीज खरीदकर अच्छे प्रोफिट मार्जिन पर खुद ही बेचें? इसमें ज्यादा प्रोफिट होगा मेरे खयाल से।" फिर दोनों का पैसा, मेहनत और ज्ञान से काम शुरू हुआ।

क्या, कैसे, यह समय का चक्र ऐसे भी घूमता है क्या? नरेन और राजा अब साथ में बिजनेस करेंगे? मैं खुश, इतना खुश कि क्या बताऊ! नरेन का वह कॉल मुझे इतना मोटिवेशन दे जाएगा, मैंने सोचा नहीं था। एक नई उम्मीद, नई रोशनी, कुछ कर गुजरने का जज्बा, मेरी उड़ान को पंख लग चुके थे और मैं रेडी था, बस कूद जाऊँ। शायद मुझे एक पुश की जरूरत थी, वह नरेन ने दे दिया था। यहाँ से वह सफर शुरू होता है, जो आज तक नहीं थमा, न मैंने पीछे मुड़ कर देखा, बस तरक्की-ही-तरक्की थी मेरी जिंदगी में। हमने NRI अकाउंट खुलवाया प्रॉपर तरीके से, सब कुछ तय करके हमने काम शुरू किया। जो भी प्रोफिट बनता, हम आधा-आधा बाँट लेते। ऐसी बेहतरीन बिजनेस लाइन मिल गई थी हमें कि मेरी नौकरी मुझे साइड इनकम लग रही थी और यह मेन काम बन रहा था। प्रॉपर्टी के बिजनेस को समझना आसान नहीं है, बड़ी टेढ़ी खीर है। सिर्फ अच्छी-अच्छी बातें करके आप खरीद-बेच नहीं सकते। बहुत मेहनत लगती है। मेहनत से मेरा मतलब है, खुद को आग में झोंकना पड़ता है।

क्या, कैसे, यह समय का चक्र ऐसे भी घूमता है क्या? नरेन और राजा अब साथ में बिजनेस करेंगे? मैं खुश, इतना खुश कि क्या बताऊ! नरेन का वह कॉल मुझे इतना मोटिवेशन दे जाएगा, मैंने सोचा नहीं था।

दुनिया में तरह-तरह के लोग हैं तो तरह-तरह की प्रॉपर्टीज भी हैं और उन पर तरह-तरह के झगड़े, तरह-तरह की समस्याएँ, इस फील्ड में फ्रॉड भी बहुत होते हैं और इन सबसे लड़ने की ताकत चाहिए, हिम्मत चाहिए, एक बोल्ड पर्सनैलिटी चाहिए, इन सबके बिना आप टिक नहीं सकते। एक अच्छी liaisoning के साथ अच्छी गुडविल का होना भी बहुत जरूरी है। आपके कॉण्टेक्ट्स, कनेक्शंस, पब्लिक रिलेशंस, यह सब मेनटेन करने पड़ते हैं, तब जाकर कोई आप पर भरोसा करके काम करता है। Legal transparency इस बिजनेस की नींव है, अगर इसमें जरा-सा भी लोचा हुआ, मतलब पूरा काम खत्म। मैं शुक्रगुजार हूँ कि मुझ में धीरे-धीरे ही सही, ये सारी खूबियाँ आईं, जिससे मुझे इस बिजनेस को चलाने में कोई परेशानी नहीं आई। सब कुछ एक दिन में नहीं होता।

माता रानी ने मुझे एक-एक कदम आगे बढ़ाया, शायद इसलिए मैंने ट्यूशंस पढ़ाना शुरू किया, ताकि बच्चों को अच्छी शिक्षा दूँ और कॉण्टेक्ट्स अच्छे बन सके। रेलवे की जॉब ने मुझे अच्छे कनेक्शंस दिए, अच्छी पकड़ दिलवाई। मैं जगह-जगह घूमा, लोगों का मेरे प्रति विश्वास जगाया, मेरी गुडविल बनाई, बचपन से सब अकेले करता आया तो वह बोल्डनेस और धाकड़ पर्सनैलिटी भी बन ही गई थी मेरी। दोस्ती को तो खुदा की रेहमत समझता हूँ मैं, उनके बिना मेरी ये खूबियाँ भी किसी काम की नहीं होतीं। बोला न, सारे पजल्स मिलकर मेरे ख्वाबों की तसवीर बन रही थी। इस बिजनेस को गहराई से समझने में मेरी मदद की किशन भाईसाहब और बलराम भाई ने। उन्होंने मुझे जीवन और बिजनेस की वह बेहतरीन बारीकियाँ समझाईं। मैंने 6-7 साल उनके साथ प्रॉपर्टीज खरीदी और बेचीं। अभी तक समझ लो मैं एक इंटर्न ही था, सिर्फ सीखना ही मेरा टारगेट था। मैं इसमें इतना निपुण होना चाहता था कि जब मैं इसमें उतरूँ तो पूरी तैयारी के साथ। मुझे कोई फिर छू भी न सके। लंबा रास्ता था, पर जिसके पास इतनी सारी Lifelines हों, उसे क्या डर ? उन सालों में मैंने बिजनेस को अच्छे तरीके से सीखा, टिप्स-ट्रिक्स समझीं, सिस्टम सीखा।

माता रानी ने मुझे एक-एक कदम आगे बढ़ाया, शायद इसलिए मैंने ट्यूशंस पढ़ाना शुरू किया, ताकि बच्चों को अच्छी शिक्षा दूँ और कॉण्टेक्ट्स अच्छे बन सके। रेलवे की जॉब ने मुझे अच्छे कनेक्शंस दिए, अच्छी पकड़ दिलवाई। मैं जगह-जगह घूमा, लोगों का मेरे प्रति विश्वास जगाया, मेरी गुडविल बनाई, बचपन से सब अकेले करता आया तो वह बोल्डनेस और धाकड़ पर्सनैलिटी भी बन ही गई थी मेरी।

मैं बेहद शुक्रगुजार हूँ उन दोनों का, वह समय मेरे लिए गोल्डन पीरियड था, जो मुझमें निखार लाया। मैं जिस किसी भी फील्ड में काम करता, चाहे वह रेलवेज हो, ट्यूशंस हो या रियल एस्टेट, सबमें अपने दिन-रात लगा देता था। पैशन, कड़ी मेहनत और मेरा तजुरबा, इन सबके रहते अच्छे परिणाम ले आता था। इन्हीं सबको लेकर मैं धीरे-धीरे आगे बढ़ रहा था। मुझे याद है, मेरे काफी दोस्त कहा करते थे कि देखना राजा, तू एक दिन यह जॉब छोड़ देगा और कंप्लीटली इस बिजनेस में आ जाएगा। मैं हँसी में उड़ा देता था। सब सेट तो है, फिर क्यों मैं जॉब छोड़ूगा भला? पर लोगों को आगे का दिख ही जाता है, जो हम नहीं देख पाते।

□

अध्याय-24

मेरी पहली विदेश यात्रा

सात बँगला में आने के बाद मेरे साथ सब एकदम अचानक से ही होता था। कुछ भी सिस्टेमेटिक या आयोजित हो ही नहीं पाता था, सब आउट ऑफ द ब्लू। ऐसे ही एक दिन नरेन बोलते हैं, "भैया, आप दुबई आओ न घूमने।" मैंने यों ही मजाक में बोला, "मुझे कौन बुलाएगा?" तो वे पूछते हैं, "पासपोर्ट है?" हाँ है। बोले, "इ-मेल करवाओ।" मैं तो उस वक्त न इ-मेल जानू, न कुछ, मेरे पड़ोसी को पासपोर्ट ही दे दिया कि जैसे भी होता है, आप पासपोर्ट की कॉपी इस इ-मेल पर भेज देना। सुबह मैंने पासपोर्ट दिया और शाम को 'वीजा' ले आए! मैं फिर शॉक्ड, नरेन ने यह कैसा सरप्राइज दिया था? वह बोले, "वीजा आ गया है, आप टिकट्स करवाओ और आ जाओ।" अरे विदेश जाना कोई हलवा है क्या? अभी जैसा सब आसान नहीं था, दुबई जाना भी USA जितना ही मुश्किल था। सरकारी नौकरी में तो डबल मुश्किल। कोई पाँच सौ में से एक जाता था। हमें 90 दिन पहले एक्स-

सुबह मैंने पासपोर्ट दिया और शाम को 'वीजा' ले आए! मैं फिर शॉक्ड, नरेन ने यह कैसा सरप्राइज दिया था? वह बोले, "वीजा आ गया है, आप टिकट्स करवाओ और आ जाओ।" अरे विदेश जाना कोई हलवा है क्या?

इंडिया लीव लेनी पड़ती थी, यानी अगर मुझे मार्च में जाना है तो जनवरी में लीव एप्लीकेशन अप्लाई करनी पड़ेगी। उसकी अनुमति मिलेगी तो फिर NOC लेनी पड़ेगी, पुलिस इन्क्वारी होगी, सब अप्रूव होगा, तब ही मैं टिकट करवाकर जा सकता हूँ और आप जानते ही हैं, सरकारी काम किस तरह होते थे पहले के समय में, कुछ भी टाइम पर हो नहीं पाता था, इतनी सुविधा ही नहीं थी। तो चलो फिर, अब जब वीजा आ गया है तो करते हैं तैयारी।

मैं ऑफिस गया और पूरा प्रोसीजर पूछा, बोले एक्स-इंडिया लीव एप्लीकेशन अप्लाई करनी पड़ेगी, पर क्यों जा रहे हो? मैंने बोला, "मेरे भाई रहते हैं, उनसे मिलने जा रहा हूँ।" ऑफिस वाले बोले, "नहीं, ऐसे नहीं जा सकते, बोलना, फंक्शन है, इसलिए जा रहा हूँ।" ठीक है साहब, यह बोल देंगे। मैंने एप्लीकेशन डाली और प्रोसीजर शुरू हुआ। यहाँ नरेन को यह सब बताया मैंने तो बिना कोई देर किए, उन्होंने 90 दिनों के बाद

वाली टिकट बुक करा दी, इतना पॉजिटिव? मुझे खुद नहीं पता था कि मैं जा भी पाऊँगा या नहीं और उन्होंने तो टिकट्स ही भेज दीं। जैसे बस निकल ही रहा हूँ मैं। पर मेरी जिंदगी भी तो जलेबी की तरह सीधी है। एप्लीकेशन पहले अजमेर में फँसी, फिर रेलवे पुलिस पर अटकी, फिर मुंबई फँसी, करते-करते 88 दिन बीत गए और मेरी धक्-धक् शुरू, टिकट हो रखी हैं, मेरी शॉपिंग हो रखी है, अब कैसे जाऊँ, और फिर हनुमान बनकर आते हैं मेरे रेलवे के साथी (अतुल विश्वा), वह बेचारे दो दिन तक बैठे रहे और मेरी लीव अप्रूव कराके ही आए। उनका

आभार मैं आज तक नहीं भूला, मैं अपने कार्यकाल में जितनी बार भी दुबई गया, सब उनकी बदौलत, वह न होते तो मैं एक कदम भी इंडिया से बाहर नहीं रख पाता। आज भी वही मेरे हर सेलिब्रेशन का हिस्सा होता है और जब कभी भी उनका कोई फंक्शन होता है, मैं हमेशा जाता हूँ।

एप्लीकेशन अप्रूव हो गई! प्लेन में तो बाद में बैठूँगा, अभी तो मैं ही हवा में उड़ लेता हूँ, ऐसे खयाल आ रहे थे मुझे। खुशी से नाच रहा था मैं। मैंने इतनी शॉपिंग कर ली थी, नए कपड़े, जूते, मिठाई, नमकीन, खर्चीला तो मैं हूँ ही। वह बच्चा जो एस्सेल वर्ल्ड जाने की खुशी मनाता है, टी.वी. में देखते थे न हम, "एस्सेल वर्ल्ड में रहूँगा मैं, घर नहीं-नहीं-नहीं जाऊँगा मैं।" बस मैं वही बच्चा बन गया था, "दुबई घूमने जाऊँगा मैं।" 2006—मेरी पहली उड़ान, वह भी सीधे इंटरनेशनल!

डोमेस्टिक में तो कभी बैठा ही नहीं मैं, लोग भी सोचते होंगे कि ऐसी क्या किस्मत पलटी इसकी कि सीधे दुबई, छोटा-मोटा मुंबई, बैंगलोर भी नहीं गया यह तो। वाह राजा भाई, वाह इंटरनेशनल फ्लाई करना लगभग न के बराबर होता था और काफी लोगों को इमीग्रेशन से ही वापस भेज देते थे, इतनी मुश्किल पूछ-ताछ होती थी, पर मुझे तो नरेन ने पहले ही सब समझा दिया था कि ये सवाल पूछेंगे, आपको ऐसा-ऐसा जवाब देना है। बस फिर क्या था, राजा जी उड़ चले हैं दुबई की सैर करने। पहले कुछ दिन तो बड़े मजे में गुजरे और मेरे खयाल से 5वें या 6ठें दिन मैं बीमार

पड़ गया, (होम सिकनेस, याद है?) नरेन अभी तक मुझे छेड़ते हैं, उन्होंने मेरा बहुत ध्यान रखा, मैं तो कहता था कि मुझे घर भेज दो वापस, मुझे भूमिका की याद आए, मंथन की याद आए, कविता की याद आए, पर मेरी छुट्टी तो 15 दिन की ली हुई थी तो नरेन ने मुझे 15 दिन बाद ही भेजा। उन्होंने मुझे पूरा शहर घुमाया, अलग-अलग जगह, तरह-तरह के रेस्टोरेंट्स, उनका ऑफिस, मुझे ढेर सारी शॉपिंग करवाई, इतने मजे किए हमने, अपनी पहली ट्रिप मैं आज तक नहीं भूला।

□

अध्याय-25

मेरा पिकू-मेरा यार

प्रकाश लालचंदानी—वाइस चेयरमैन सतगुरु वर्ल्डवाइड, पर मेरे लिए 'पिकू' फॉर ऑलवेज ऐंड एवर।

मेरा सच्चा दोस्त, मुझे मॉडर्न जीवन और मॉडर्न बिजनेस सिखाने वाले मेंटर और बेशक मेरे जिगर का टुकड़ा है पिकू। दिल का एक भाग अगर नरेन है तो दूसरा पिकू। इन दोनों के बिना में बिल्कुल बेजान हूँ। दोनों दोस्त मेरे जीवन का अटूट व अभिन्न हिस्सा थे, आज भी हैं और मेरी अंतिम श्वास तक रहेंगे। इनसे मेरी मुलाकात हुई दिसंबर 1991 में, जब नरेश भाई का रिश्ता तय होने जा रहा था—जानकी भाभी से। वह उस जमाने की लव-अरेंज शादी थी। तो इस दौरान हमारी काफी छोटी-मोटी बातें होती रहती थीं और बड़ी धूम-धाम से शादी हो गई।

उसके बाद हमारा बॉण्ड बनने ही लगा था कि एक दिन वह आकर कहते हैं, "मेरे सपने यहाँ अजमेर में तो पूरे नहीं होने वाले तो मैं जा रहा हूँ अफ्रीका, 3 साल के लिए, अब अपन 3 साल बाद मिलते हैं।"

मेरा सच्चा दोस्त, मुझे मॉडर्न जीवन और मॉडर्न बिजनेस सिखाने वाले मेंटर और बेशक मेरे जिगर का टुकड़ा है पिकू। दिल का एक भाग अगर नरेन है तो दूसरा पिकू। इन दोनों के बिना में बिल्कुल बेजान हूँ।

वह दिन था मेरी ऑक्सीजन (भूमिका) का नामकरण—20 जून, 1995; पिकू के चेहरे पर मुसकान थी और आँखों में आँसू। हम दोनों मिलकर बिछड़ गए।

हमारे बीच में तीन साल तक कोई संपर्क नहीं था (बिल्कुल यकीन नहीं होता न ?) कनेक्शन जितनी जल्दी बना, उतनी ही जल्दी टूट भी गया और ऐसा टूटा कि अगले 3 साल तक पिकू से फोन तो छोड़ो, चिट्ठी में भी बात नहीं हुई और कुछ समय बाद मैं क्या देखता हूँ,...पुरानी दोस्ती जो एक नए रैपर में मुझे मिली—प्रकाश, वह प्रकाश लेकर आए मेरी लाइफ में कि उसके बाद मैंने अँधेरे की तरफ मुड़कर कभी नहीं देखा।

हमारी दोस्ती बहुत गहरी, बहुत सच्ची और पानी की तरह बिल्कुल साफ है, जो जीवन के खराब-से-खराब दौर में और भी मजबूत और रूहानी बनकर उभरी है।

पिकू मेरे जीवन का वह अनमोल हिस्सा है, जो मेरे जीवन की हर पहेली को सुलझा देता है। वे एक बेहद प्रैक्टिकल इनसान हैं, वैरी क्लियर ऐंड कॉन्फिडेंट ह्यूमन बीइंग।

उनके साथ मैं बिजनेस भी करता हूँ और वेकेशन पर भी जाता हूँ। हमने दुबई, नीदरलैंड, एम्सटर्डम, बेल्जियम, पेरिस, हॉलैंड, मोरक्को जैसी ऑलमोस्ट 15 कंट्रीज साथ में घूमे होंगे। पिकू के साथ मेरा एक अटूट इमोशनल टच है। जब भी उनका फोन आता है तो मेरे 1-2 घंटे कहाँ चले जाते हैं, पता ही नहीं चलता। जैसे मेरा बचपन वापस आ जाता हो।

2010—एंट्री होती है पिकू की।

पिकू तीन साल के लिए अफ्रीका चले गए थे, यहाँ मेरे जीवन में उतार-चढ़ाव आ रहे थे। मुझे याद है कि 2002 में हमारे सात बँगला में शिफ्ट होने के बाद, पिकू जब भी इंडिया आते थे तो एक-आध बार हम पक्का-पक्का मिल ही लेते थे। पर यह साल 2010 मेरे लिए कुछ खास था। अब पिकू को 26 साल हुए बिजनेस करते हुए, उन्होंने अफ्रीका में और दूसरी कंट्रीज में भी अच्छे मार्जिन्स और प्रोडक्ट डिमांड देख ली थी (वह शुरू से ही बहुत शार्प माइंडेड इनसान हैं) उनकी इनसान को परखने की पावर इतनी स्ट्रॉन्ग थी शुरू से कि आज भी दूर से ही इनसान की सीरत पहचान जाते हैं, उनकी मेमोरी पावर भी गजब की है, एक बार

किसी से मिल लें तो उसका नाम कभी नहीं भूलते। ऐसी-ऐसी क्वालिटीज अगर एक इनसान में हों तो कोई क्यों न वाईस-चेयरमैन बने सतगुरु

एंपायर का, उन्होंने अपना पूरा जीवन झोंक दिया था 'सतगुरु' को बनाने में, बिजनेस को बढ़ाने में, इतने जोरों-शोरों से उन्होंने काम किया कि मैं जितनी तारीफ करूँ, उतनी कम है। असली डेडिकेशन इसे कहते हैं। पिकू आर्डिनरी से एक्स्ट्रा ऑर्डिनरी कैसे बने, यह दिलचस्प कहानी अगर मैं सुनाने बैठूँ तो दिन कम पड़ जाए, पर मेरे लिए पिकू की तरक्की

देखना, उनको लाइफ में कामयाब होते हुए देखना बहुत ही सुकून, खुशी और गर्व की बात थी। हमारा बॉण्ड 2010 में स्ट्रॉन्ग हुआ, इतना स्ट्रॉन्ग कि आज भी कोई नहीं हिला सकता हमें।

मेरा जब नरेन के पास दुबई आना-जाना हुआ, तब से हम ज्यादा मिलने लगे, बातचीत होने लगी, मैं इनके घर भी रहा था पाँच-सात दिन। ऐसे करते-करते हमारा रिश्ता और भी गहरा हो गया।

एक बार मैं अपने परिवार के साथ गया दुबई घूमने 15 दिन के लिए, सिर्फ एक शर्त पर कि पिकू पूरे 15 दिन हमारे साथ रहेंगे, कोई बिजनेस नहीं, कोई काम नहीं, (आज किसी से भी ऐसी शर्त रखूँ तो वह कभी न माने, वाईस चेयरमैन कोई हो और वह 15 दिनों के लिए काम न करे, छुट्टी मनाए? असंभव।)

पर इसलिए तो वह मेरा पिकू है, मैं कुछ डिमांड करूँ और वह न दे, ऐसा हो ही नहीं सकता। वाकई वह रहे हमारे साथ पूरा समय, हमने इतना एन्जॉय किया, वह ट्रिप इतना अमेजिंग और मोस्ट मेमोरेबल था।

पर इसलिए तो वह मेरा पिकू है, मैं कुछ डिमांड करूँ और वह न दे, ऐसा हो ही नहीं सकता। वाकई वह रहे हमारे साथ पूरा समय, हमने इतना एन्जॉय किया, वह ट्रिप इतना अमेजिंग और मोस्ट मेमोरेबल था।

एक बार हम सिटी घूमने दुबई टूर की बस में जाने के लिए स्टेशन पर खड़े थे, इतने में कविता ने कहा, "पिकू, चाय पीनी है।" उनका घर ऊपर ही था, पर जब तक वह केतली में चाय लेकर आए, तब तक हमारी बस आ चुकी थी, यहाँ हम बस के अंदर और पिकू बस के बाहर और वह केतली लेकर हमारे साथ-साथ चल रहे थे, दौड़ रहे थे। कुछ भी हो जाए, चाय मिस नहीं होनी चाहिए। वह सीन ऐसा मेमोरी में फिट हुआ सब के कि आज भी याद करके हँसते हैं हम कि क्या कोई दोस्त इतना अपनापन और प्यार कर सकता है?

ये दोस्ती—

मेरी दोस्ती की कहानी, सुनो मेरे यार,
इस रिश्ते ने दिया मुझे ढेर सारा प्यार।
सफलता के सफर में, एक साथ चलें हम,
हमारी जीवन की धारा, दोस्ती का यह रंग।
दोस्तों का साथ है, हमारे लिए सबसे प्यारे,
जीवन के सफर में, मिले हैं ये सितारे
जब-जब मुसीबतों के बादल छाए,
दोस्तों की मुसकान ने, वे सब हटाए
राही बने यह प्यार के, विश्वास के,

मिठास के, जज्बात के
फिर रिश्ते में जुड़ा थोड़ा व्यापार,
क्या कहूँ अब, मुझे पहुँचा दिया उन्होंने नदिया पार।
न देखी मैंने फिर कभी हार,
जितना करूँ, उतना कम है उनका आभार।
साझेदार नहीं, साथी हैं वे दिल में,
पंख लगाए उन्होंने मेरी उड़ानों में।
मुश्किलें आईं, पर हार न माने हम,
एक-दूसरे के साथ, है सारा जहाँ हम।
तेरा साथ हो तो संघर्ष कैसा, मुश्किलें कैसी?
सबको खुशी में बदल दे, है तेरी फितरत ऐसी।
इसका न कोई मोल, न कोई तराजू है,
जीवन में तुम मिले, अब और क्या आरजू है।
खुदा तुझे महफूज रखे, मैंने बस इतना माँगा है,
तुझे मैंने मेरी जिंदगी से बढ़कर माना है।
तू ही मेरी सारी संपत्ति है, मेरा खजाना है,
मिला यह रिश्ता मुझे सौगात में, मैंने बस इतना जाना है।
रहे सलामत यह दोस्ताना हमारा
रहे सलामत यह दोस्ताना हमारा
रहे सलामत यह दोस्ताना हमारा,
रहे साथ हमेशा हमारा।
मेरी जिंदगी सँवारी मुझको गले लगाकर,
बैठा दिया फलक पर,
मुझे खाक से उठाकर,
यारा तेरी यारी को, मैंने तो खुदा माना

□

अध्याय-26

तरक्की की तसवीरें, गलतियों से सीख

उस समय मेरे सुख की एक ही परिभाषा थी—छोटा पैसा, बड़ी खुशी और बड़ी संतुष्टि। मैं चाहे जितना भी कमाता था इस बिजनेस से, कभी लाभ कम होता था, कभी ज्यादा, पर मेरा सेलिब्रेशन का तरीका वही रहता था। डीलक्स बेकरी करके थी उस जमाने में केसरगंज में, मैं वहाँ जाता और ढेर सारी चीजें खरीद लेता। चॉकलेट्स, चिप्स, कोल्ड ड्रिंक्स वगैरह-वगैरह, सच में खुशियाँ मन और आत्मा से होती थीं। एक छोटी सी डील को भी हम बड़े ऐश से मनाते थे। रियल एन्जॉयमेंट करते थे। सामान अगर हजार रुपए का लिया तो दस हजार की खुशी होती थी। इतना सुकून मिलता था, जिसका बयान मैं शब्दों में नहीं कर सकता और धीरे-धीरे, समय के पहिए के साथ, मेरा व्यापार बढ़ता गया, मुनाफा बढ़ता गया, मेरा आत्मविश्वास बढ़ता गया। कॉलोनी के साथ-साथ मैंने चंद्रवरदाई

उस समय मेरे सुख की एक ही परिभाषा थी—छोटा पैसा, बड़ी खुशी और बड़ी संतुष्टि। मैं चाहे जितना भी कमाता था इस बिजनेस से, कभी लाभ कम होता था, कभी ज्यादा, पर मेरा सेलिब्रेशन का तरीका वही रहता था। डीलक्स बेकरी करके थी उस जमाने में केसरगंज में, मैं वहाँ जाता और ढेर सारी चीजें खरीद लेता।

नगर में प्रॉपर्टीज खरीदना-बेचना शुरू कर दिया था (इन्वेस्टमेंट के तौर पर) और समय आया, जब प्रॉपर्टीज बूम पर थी, रेट्स दो गुनी, चौगुनी से भी ज्यादा हो चुके थे जमीनों के। जिन्होंने सस्ते में जमीनें ले रखी थीं या पुश्तैनी जमीनें थीं, उनकी तो चाँदी हो गई थी और यहाँ हमारा प्रोफिट भी बढ़ रहा था, क्योंकि वही है न, प्रॉपर्टी की प्राइस ज्यादा तो मुनाफा भी ज्यादा। दिन-रात मेहनत करते हुए, मैंने शायद घड़ी की तरफ देखा भी नहीं होगा, इस तरह काम में मग्न था मैं और मेरे घर में अकेला मैं था, जो सोचता नहीं था खर्च करने से पहले। एक बड़ी डील हमने की और अगले ही दिन मैंने हुंडई i10 खरीद ली, इस बार विथ ड्राइवर।

ट्यूशंस लगभग बंद ही कर दी थी मैंने, क्योंकि ऑफिस के बाद अब ज्यादा समय मैं मार्केट में बिताता था, लोगों को समझने के लिए लोगों के बीच रहना तो जरूरी है न। अब कविता को ऑफिस छोड़ने ले जाना का चक्कर 'खेमा जी' हमारे ड्राइवर साहब, बड़े मस्त, उनकी जिम्मेदारी थी। भूमिका, मंथन का स्कूल आना-जाना भी वह मैनेज कर लेते थे। तो मेरे पास अब काफी टाइम था तो मेरा रुटीन बस ऑफिस और रियल एस्टेट में आगे कैसे बढ़ना है, उसकी प्लानिंग करता था। ऐसी ही एक प्रॉपर्टी का किस्सा जो मैं मरते दम तक नहीं भूल सकता। हमारी कॉलोनी का एक घर बिकाऊ था, NRI का घर था, मालिक दुबई में रहते थे और उनका घर भी फिर वैसा ही था। बेहद सुंदर-डबल स्टोरी, सुसज्जित, जहाँ जमाने में कूलर लगते थे, उस घर में AC लगे हुए थे। जो भी देखता, उसे अपने सपनों का घर ही दिखता उसमें और जैसा घर था, उन्हें बिल्कुल वैसा ही बेचना था, मतलब खरीदने वाले को सिर्फ अपने कपड़े और बरतन लेकर आने हैं, बाकी सब है उस घर में। तो उन्होंने मुझे बुलाया और बोला कि घर बेचना है। मैंने उनसे उनकी डिमांड पूछी, वह बोले, आप बताओ। मैंने उन्हें जो राशि बताई तो थोड़े असमंजस में थे, बोले, "घरवालों से बात करनी पड़ेगी।" कॉलोनी की कीमत बहुत तेजी से बढ़ रही थी और घर के मालिक, उस

ट्यूशंस लगभग बंद ही कर दी थी मैंने, क्योंकि ऑफिस के बाद अब ज्यादा समय मैं मार्केट में बिताता था, लोगों को समझने के लिए लोगों के बीच रहना तो जरूरी है न। अब कविता को ऑफिस छोड़ने ले जाना का चक्कर 'खेमा जी' हमारे ड्राइवर साहब, बड़े मस्त, उनकी जिम्मेदारी थी। भूमिका, मंथन का स्कूल आना-जाना भी वह मैनेज कर लेते थे।

घर को अच्छी रकम पर बेचना चाह रहे थे, कि ठीक है, जब तक हमें अपने रेट पर खरीदने वाला नहीं मिलता, हम इंतजार करेंगे।

पर यह डील उतनी आसान नहीं थी, जितनी सोची थी और उस टाइम मैं दुबई गया था नरेन के पास घूमने तो वहाँ इस घर की बात चली। नरेन माय गॉड, मुझे मतलब दोस्त के रूप में वरदान ही मिला है भगवान् से, वह इतने शांत, इतने चिल इनसान हैं, मुझे बोलते हैं, आप चिंता मत करो। नरेन बोले, अपने पास पड़े हैं न इतने पैसे, अपन रजिस्ट्री करा लेते हैं, फिर बेच देंगे, अगर बिका तो बढ़िया बात है, नहीं बिका तो आप इसमें शिफ्ट हो जाना। नीचे आप रह लेना, ऊपर मैं रह लूँगा।

मेरी जान में जान आई हो जैसे। घर हमारे पास था और हमें एक बहुत अच्छा खरीददार मिला। हमने उसे अच्छे प्रोफिट में बेच दिया।

वह मेरा आखिरी पड़ाव था, इस बिजनेस को घोंट कर पी गया था मैं। उसके बाद समझ लीजिए, जहाँ मैंने हाथ डाला, वहाँ से सोना ही पाया। एक के पाँच, कभी एक के चार, ऐसे करके बिजनेस को

मल्टीप्लाय करता गया। पर अब प्रॉब्लम आ रही थी तो वह थी मेरी जॉब, मेरा टाइम टेबल, मेरा शेड्यूल। जितना मुझे रेलवे की जॉब से लगाव था, उतना ही रियल एस्टेट के काम में मजा आ रहा था। पूरे शहर में मेरे फिर से चर्चे थे कि घर लेना है तो राजा भैया से बेहतर कोई सलाह नहीं दे सकता। पर जैसा कि मैंने कहा, इस फील्ड को समझना आसान नहीं है। गलतियाँ मुझसे भी हुईं, ऐसी गलती, जिसने मुझे मेरा ही घर बदलने पर मजबूर कर दिया। गलती नहीं सचमुच ब्लंडर था वह, मैंने खुद ही अपनी पैर कुल्हाड़ी पर दे मारा। तब तक हम बड़ी जमीनें खरीदते और बेचने लगे थे और साथ में ही घर लेते, उसे डेमोलिश कराते और उसपर कंस्ट्रक्शन करवा के बिल्डिंग्स बनवाते, फिर उन्हें बेचते थे। इस तरह हम तरक्की करते गए।

कॉलोनी को मैंने काफी विकसित कर दिया था, पर एक जगह बहुत ही खराब थी, मैंने पहले बताया था न, वे छोटे-छोटे मकान। मेरे जो जस्ट सामने रहते थे, वह आए और बोले कि आप यह जगह खरीद लो, इसपर फिर फ्लैट्स बनवा देना, और बेच देना, यहाँ तो कोई भी खरीद ही लेगा। हमारी चाँद सी कॉलोनी को और चमकदार बनाने के लिए मैंने

सोचा इन परिवारों को कोई अन्य मकान दिलाकर, इन छोटे-छोटे मकानों पर फ्लैट्स बनवाए जाएँ। अगर ऐसा हो गया तो सोचो कितना बढ़िया हो जाएगा, मेरे शहर को मैं इतनी खूबसूरत सौगात दूँगा। इस विचार से मैं इस काम में आगे बढ़ा। उन छोटे-छोटे मकानों पर करीब बीस पचीस सालों से केस ही चल रहे थे, तीन फैमिली रहती थी उसमें और वह वहाँ से जाने को राजी हो गए। अब बारी आती है आपके राजा थारवानी की, तब तक नाम और रुतबा बढ़ ही गया था मेरा। मैंने नरेन से बात की, सारी बातें बताईं। अब देखना, मेरी लाइफ पहले सिंगल लेन से डबल और अब डबल लेन से कैसे 4 लेन, 6 लेन पर पहुँच जाती है। नरेन के लिए तो ऐसा था कि जो मुझे ठीक लगे, वह उनको ठीक लगे और फिर जो मेरे पार्टनर्स थे—किशन और बलराम, उनसे भी बात की, वे भी राजी और वे मेरे लिए मेरे जीवन का प्रोजेक्ट बन गया। बात पक्की हो गई, 'Deal was locked'।

हमने एग्रीमेंट कर लिया और जितने भी कोर्ट केस थे, वे भी सुलझा लिये। इस मामले में कॉलोनी ने हमें बहुत सपोर्ट किया। वह भी हमसे सहमत थे कि कॉलोनी अच्छी हो जाएगी, काम बढ़िया हो जाएगा,

सब खुश थे। जैसे ही सब खाली हुआ, किशन ने हाथोहाथ बुलडोजर बुलवाया और दस मिनट में उन छोटे–छोटे मकानों का सफाया करवा दिया। फिर काम शुरू हुआ, हमने नगर निगम से नक्शे पास करवाए, कुल मिलाकर 4 मंजिल की यह बिल्डिंग बनेगी, जिसमें 6 फ्लैट्स बनेंगे और पार्किंग भी उसी में बन जाए तो क्या बात। यह मेरा सुझाव था। तब तक किसी को ऐतराज नहीं था। हमने नक्शा पास करवाया और नींव पूजा कराई, पूजा में सब लोग आए। मैंने भी कोई कमी नहीं छोड़ी, सबको मिठाई, नाश्ता, एक तरह का फंक्शन ही करा दिया था मैंने। हमने सबको कहा था कि जो भी यह फ्लैट्स बिकवाएगा, हम उसको कमीशन देंगे। और फिर मेरे पास एक सज्जन आए (नाम नहीं लेना चाहूँगा), उन्होंने बोला कि लाओ, मैं फ्लैट्स बिकवाता हूँ। पर हमारे साथ समस्या यह हुई कि उसमें से एक फ्लैट मैंने नरेन के लिए बुक कर लिया था। नरेन को तो शुरू से ही अजमेर में अपना घर चाहिए था, बोले, अच्छा है, अपन पास–पास ही रहेंगे। एक फ्लैट नरेन का हुआ। दो फ्लैट किशन ने ले लिए, उनके और उनके भाई के लिए। एक फ्लैट मैंने मेरी पहचान वाली मित्र को दे दिया। बाकी दो स्पेन में मेरे अंकल ने खरीद लिए। ऐसे करके 6 के 6 फ्लैट्स बिक गए पहले दिन ही नींव पूजन पर ही।

फिर काम शुरू हुआ, हमने नगर निगम से नक्शे पास करवाए, कुल मिलाकर 4 मंजिल की यह बिल्डिंग बनेगी, जिसमें 6 फ्लैट्स बनेंगे और पार्किंग भी उसी में बन जाए तो क्या बात। यह मेरा सुझाव था। तब तक किसी को ऐतराज नहीं था। हमने नक्शा पास करवाया और नींव पूजा कराई, पूजा में सब लोग आए। मैंने भी कोई कमी नहीं छोड़ी, सबको मिठाई, नाश्ता, एक तरह का फंक्शन ही करा दिया था मैंने।

हमने किसी को बताया नहीं। फिर काम शुरू हुआ साहब, सरिया आना शुरू हुआ, सीमेंट के कट्टे आए। नींव भरना शुरू हुई, और भरते-भरते प्लिंथ लेवल आया। तब तक सबको समझ आ गया था कि ये लोग नक्शे वगैरह दे नहीं रहे हैं, इसका मतलब सारे फ्लैट्स बिक गए हैं इनके। जलन और ईर्ष्या वहाँ से शुरू हुई और जो दो परिवार, जिन्हें मैं कॉलोनी में लेकर आया था, जिनसे मेरा अटूट प्रेम था, वे ही मेरे खिलाफ खड़े हो गए, यह तो नहीं बनने देंगे। दुनिया से लड़ना तो समझ में आता है, पर मुझे अपनों से लड़ना पड़ेगा, यह मैंने कभी नहीं सोचा था। मीडिया में आना, नगर निगम में जाकर हल्ला मचाना, लड़ाई-झगड़े, न जाने क्या-क्या। करते-करते एक साल हमारा यों ही निकल गया। काम शुरू होने से पहले ही ठप्प हो गया। क्योंकि जैसे ही काम शुरू होता, वे लोग आ जाते, फिर वही लड़ाई-झगड़ा। बात इतनी बढ़ गई थी कि सब मुझे बोलने लगे, मत बनवाओ, बेच दो इसे। मैं तब भी इमोशनल था, आज भी हूँ, किसी चीज से मोह हो गया तो बस हो गया। दिल से जुड़ चुका था उस प्रोजेक्ट से। मैं नहीं माना। हमारी पहचान भी ऊपर तक थी, और कानून से हम कुछ गलत तो कर नहीं रहे थे। कॉलोनी वालों की भी इच्छा थी कि ये छोटे-छोटे मकान हटाओ, कॉलोनी को डवलप कर दो। हमने उनसे राजी खाली करवाई, फिर क्यों सबने हमारे साथ ऐसा किया और

जलन और ईर्ष्या वहाँ से शुरू हुई और जो दो परिवार, जिन्हें मैं कॉलोनी में लेकर आया था, जिनसे मेरा अटूट प्रेम था, वे ही मेरे खिलाफ खड़े हो गए, यह तो नहीं बनने देंगे। दुनिया से लड़ना तो समझ में आता है, पर मुझे अपनों से लड़ना पड़ेगा, यह मैंने कभी नहीं सोचा था। मीडिया में आना, नगर निगम में जाकर हल्ला मचाना, लड़ाई-झगड़े, न जाने क्या-क्या।

हद तब हो गई, जब निगम से कमिश्नर आए। फिर कोर्ट केस हुआ। तब बात बहुत ज्यादा खराब हो चुकी थी। इतने में किशन और बंटी ने मुझे बुलाया, बिठाया और बोले कि अपन यह प्रोजेक्ट बंद कर रहे हैं। मेरे आँसू बहना शुरू हुए, वह बोले, "पगला है क्या, जीवन थोड़ी खत्म हो गया है, रोने की क्या बात है। देखना, भविष्य में तू 6 नहीं 60 फ्लैट्स की बिल्डिंग बनवाएगा।"

आज माता रानी का चमत्कार तो देखिए, Bravia, Deepmala, Opera में 100 से ज्यादा फ्लैट्स और 25 लाख वर्ग फीट कंस्ट्रक्शन कराकर शहर को सौगात में दे चुका हूँ।

अब इमोशनल इनसान हूँ साहब, मैंने जिंदगी के तीन अनमोल साल इस प्रोजेक्ट को दिए, इतनी मेहनत से जमीन खरीदी, सबको राजी किया और अब छोड़ने को बोल रहे हों तो रोना नहीं आएगा क्या? सपना ऐसे काँच की तरह टूटा, कि मैं दो दिन तक ऑफिस ही नहीं गया। फिर नरेन को कॉल किया, बोले, "सेठ, दान कर दो, पैसे भी नहीं चाहिए, यह वार दिए पैसे आप पर। छोड़ो।" (तब तक नरेन दुबई के 'पराँठा किंग' बन चुके थे। उनका रेस्टोरेंट, न-न, टॉप क्लास रेस्टोरेंट।)

मैंने कभी सपने में भी नहीं सोचा था कि मेरी लाइफ का पहला प्रोजेक्ट ही रुक जाएगा, बंद पड़ जाएगा और उसका हश्र इस कदर होगा। वह जमीन ऐसी की ऐसी रह गई, उसपर फिर कभी कोई काम न हो सका।

साल था 2009। हम इतने दु:खी हो चुके थे, मन इतना खट्टा हो चुका था, कि हमने दूसरी जगह जमीन देखना शुरू कर दिया था। हमें रहना ही नहीं था उस कॉलोनी में अब। यों लड़ाई-झगड़ा करके, मन दु:खी करके कैसे रहते। बेहतर है यहाँ से चले ही जाओ। जिस कॉलोनी को मैंने अपने खून-पसीने से सींचा, वही अब मुझे पराई लगने लगी थी तो बस यहाँ नहीं रहना। मैं डिप्रेशन में आ गया था।

साल था 2009। हम इतने दु:खी हो चुके थे, मन इतना खट्टा हो चुका था, कि हमने दूसरी जगह जमीन देखना शुरू कर दिया था। हमें रहना ही नहीं था उस कॉलोनी में अब। यों लड़ाई-झगड़ा करके, मन दु:खी करके कैसे रहते। बेहतर है यहाँ से चले ही जाओ। जिस कॉलोनी को मैंने अपने खून-पसीने से सींचा, वही अब मुझे पराई लगने लगी थी तो बस यहाँ नहीं रहना। मैं डिप्रेशन में आ गया था।

उस प्रॉपर्टी को बेचने में हमें बड़ी दिक्कत आई, क्योंकि इतनी बदनामी हो गई थी, मीडिया में आना, झगड़े, विवाद। बड़ी परेशानी के बाद हमने वह जमीन बेच दी, ठीक-ठाक प्रोफिट पर…।

एक घर लिया मैंने राजा साइकिल की तरफ, पर वह कविता को पसंद नहीं आया तो जितने में लिया, उतने में बेच दिया और हमने सिविल लाइंस में जमीन खरीद ली थी।

जिंदगी की यह मेरी पहली बहुत बड़ी गलती, बिजनेस में तीन

गोल्डन साल का नुकसान, मेरी इज्जत पर आँच कि मैं फ्लैट्स नहीं बनवा पाया। मैं कभी नहीं भूल सकता। इस घटना ने मुझे बहुत कुछ दिखाया, बहुत कुछ सिखा दिया था। कहते हैं न, घायल शेर सबसे ज्यादा खतरनाक होता है, बस मैं अब वही था···इन सब चक्करों में मुझे हाई ब्लड प्रेशर हो गया और दवाइयाँ शुरू हो गईं, जो आज तक जारी हैं।

और अब आता है, मेरी जिंदगी का दूसरा निर्णायक मोड़—

□

अध्याय-27

स्वैच्छिक सेवा निवृत्ति

मेरी जिंदगी तीन हिस्सों में बँट गई थी—ऑफिस, घर और रियल एस्टेट। मुझे अपनी जॉब बेहद पसंद थी, इतनी पसंद कि कभी-कभी मैं संडे को भी ऑफिस जाकर बैठ जाया करता था। घर पर बच्चों को टाइम देना, कविता का भी ऑफिस था तो उनके अनुसार भी मुझे टाइम एडजस्ट करना पड़ता था, फिर कभी वह नाराज हो जाती तो उन्हें मनाना भी पड़ता था, कभी डिनर, कभी गिफ्ट्स…मेरे बच्चे शुरू से ही बहुत समझदार थे, उनके साथ मुझे कभी कोई परेशानी नहीं हुई, जिसमें भूमी तो मेरे पास बैठी रहती थी, दिन से शाम तक जब तक मैं ट्यूशंस पढ़ाता था, वह अपनी पढ़ाई भी वहीं बैठे-बैठे कर लेती थी और मनी क्रेच में जाता था, जो हमारे घर के पास था, दरअसल, वह भी मैंने ही खुलवाकर दिया था उन्हें। वह लेडी अकेली थीं; कोई और अर्निंग मेंबर नहीं था तो मैंने और कविता ने मिलकर उनका क्रेच खुलवाया। घर की भागा-दौड़ी तो लगी रहती थी और अब रियल

मेरी जिंदगी तीन हिस्सों में बँट गई थी—ऑफिस, घर और रियल एस्टेट। मुझे अपनी जॉब बेहद पसंद थी, इतनी पसंद कि कभी-कभी मैं संडे को भी ऑफिस जाकर बैठ जाया करता था।

एस्टेट का बिजनेस भी मैंने सिस्टेमेटिक और प्लांड तरीके से शुरू करने का मन बना लिया था।

काफी बार मन में आया कि मुझे अब जॉब छोड़ देनी चाहिए। क्योंकि मैं अपना ध्यान एक तरफ ही करना चाहता था।

तो उस तरीके से हम आगे बढ़े, क्योंकि मैं इतने साल इस काम में अपनी ऊर्जा और समय इन्वेस्ट कर चुका था तो अब बारी थी उसका रिटर्न लेने की।

पिकू जब भी आते थे इंडिया तो वह मुझसे पूछा करते थे मेरे काम के बारे में, मेरी लाइफस्टाइल के बारे में। उनका भी इंटरेस्ट जागा, क्योंकि वह ऐसा टाइम था, जब प्रॉपर्टीज बूम पर थी, मैं और नरेन तो सही समय पर एंट्री ले चुके थे फील्ड में, मुझे एक्सपीरियंस भी अच्छा हो गया था, मुझे लगता है, पिकू को इसमें पोटेंशियल दिख गई होगी। सिविल लाइंस वाली जमीन को 8 प्लॉट्स में कटवाया, एक मेरा, एक बाबाजी (नरेन) का, एक पिकू को दिया और बाकी किशन और उनके भाइयों को दिया तथा एक उनकी बहन को दिया।

हमने तब तक भनक नहीं लगने दी, कि हमने जमीन ले ली, प्लॉट्स काट दिए और कंस्ट्रक्शन भी शुरू करवा दिया।

काम करीब डेढ़ साल चला और मुहूर्त के पाँच दिन पहले तक किसी को पता नहीं था, यहाँ तक कि हमारी मेड दुर्गा आंटी को भी भनक नहीं पड़ने दी हमने और फिर मैंने कॉलोनी के सेक्रेटरी पद से रिजाइन दे दिया। मन तो खराब हो ही चुका था। मैं बिल्कुल ही पीछे हट चुका था इन सबसे।

फिर बहुत दिक्कतें आईं, परेशान रहने लगा, डिप्रेस्ड रहने लगा और फिर नरेन से मैं दुबई मिलने गया। नरेन पहले भी और आज भी मेरे बूस्टर हैं। उनसे बात करके जैसे मैं सारे गम भूल जाता हूँ, वह मुझे इतनी मोटिवेशन से भर देते हैं।

मैं उनके पास गया कि अब क्या करना चाहिए? बोले, "सेठ, आज तक मैंने आपसे आपकी सैलरी नहीं पूछी है, मुझे जाननी भी नहीं है, पर कितने साल और हैं आपकी जॉब को?" मैंने कहा, "बीस साल और हैं।"

बोले, "बीस साल को आपकी सैलरी से गुणा करो और बताओ कितने हुए?"

मैंने सब जोड़-जाड़ के बताया कि इतने बनते हैं, मान लो (Y अमाउंट)।

बोले "इस (Y अमाउंट) को 10 से गुणा कर लो, यह मैं देता हूँ, 'यू रिजाइन'"

क्या? रिजाइन?

उस वक्त पिकू भी साथ थे मेरे, उन्होंने भी मुझे समझाया, बात की, काफी बातें हुईं हमारे बीच।

मैं ठहरा सीधा-सादा सरकारी नौकरी का अफसर, एकदम से नौकरी छोड़ दूँ? अभी तक तो सिक्योर लाइफ थी, एकदम से सब कुछ दाँव पर कैसे लगा दूँ?

तो मेरी तो नियम और शर्तों की लंबी लिस्ट बन गई थी, पर प्रकाश तो प्रकाश हैं, "आपकी सारी शर्तें मान लीं, पर मेरी तो सिर्फ एक शर्त है, कि आपको नौकरी छोड़नी पड़ेगी, बाकी जो बोलोगे वह हो जाएगा।"

तो मेरी तो नियम और शर्तों की लंबी लिस्ट बन गई थी, पर प्रकाश तो प्रकाश हैं, "आपकी सारी शर्तें मान लीं, पर मेरी तो सिर्फ एक शर्त है, कि आपको नौकरी छोड़नी पड़ेगी, बाकी जो बोलोगे वह हो जाएगा।"

पिकू को जब दुनिया भर में इतना बिजनेस दिख गया था तो जाहिर सी बात है, इंडिया में, वह भी अजमेर में रियल एस्टेट का स्कोप उन्हें दिख ही गया था और जब उनके घरवाले ही इस काम में माहिर हों तो वह क्यों न इंटरेस्ट लेते और क्यों न एक मौका देते, क्यों न अपना एक ऑफिस खोलते? आखिर एक्सपेंशन का मौका कौन गँवाता है। मैं लिस्ट सुनाए जा रहा था और वे सुनते जा रहे थे। "हाँ भाई हाँ, मान ली आपकी सारी बातें।"

मेरे लिए ऐसा था कि बस इन दोनों के और मेरी काफी सेविंग्स के भरोसे मैं नौकरी छोड़ रहा था तो मुझे कोई तकलीफ नहीं होगी।

प्रकाश बोले, "अरे भाई, यह सारी पावर्स मैनेजर के पास होती हैं और आप तो पैसे लगाकर पार्टनर बन रहे हो तो आपके पास तो इससे ज्यादा पावर्स होंगी न। आप मेरे रिश्तेदार हैं, कविता मुझे भाई मानती है और गरिमा आपको राखी बाँधती है, उससे भी बढ़कर हम दोस्त हैं। छोड़ो ये छोटी-छोटी बातें, आप बस हाँ करो।"

मैं वापस आया, घर पर बात की, कविता का रिएक्शन मैं एक्स्पेक्ट कर सकता था, वहाँ से 'न' ही आना था और सचमुच न ही आया।

सरकारी नौकरी कोई पागल ही होगा, जो रिजाइन करेगा। किसी को भी यह बात हजम नहीं हुई। एक रूप भाईसाहब थे, जिन्होंने मुझे सपोर्ट किया, बोले, "तू दो नावों में सवारी नहीं कर सकता, यह तेरा सही फैसला है, कर दे रिजाइन।"

और मेरे पीछे वह दो बड़े स्तंभ थे ही, जिनके रहते, मुझे कोई भी नहीं हिला सकता था। मैं फैसला कर चुका था।

रेसिग्नेशन लेटर (स्वैच्छिक सेवा निवृत्ति) टाइप किया और 1 अगस्त, 2011 में मैंने ऑफिस में जाकर वह लेटर दे दिया। सर को विश्वास ही नहीं हुआ। वहाँ पर मैं यंगेस्ट था, जो VRS ले रहा था तो ऑफिस में सबने मुझे समझाना शुरू किया, पर मैं दृढ़ निश्चय कर चुका था। मुझे मेरी आने वाली जिंदगी साफ दिखाई दे रही थी, इतनी clarity मुझे पहले कभी नहीं हुई, जितनी तब हुई। कोई कितना भी समझाता, मैं तो अटल था अपने फैसले पर।

इस फैसले में 98 प्रतिशत लोग मेरे खिलाफ थे। इन सबको दूर रखकर माता रानी पर अटल विश्वास करके मैं आगे बढ़ा और वह दिन आ गया—

माय रिटायरमेंट डे! 31 अक्तूबर, 2011

तो क्या हुआ मैंने VRS लिया था, पार्टी तो बनती है न?

मैंने अजमेर क्लब बुक करवाया और वह उस समय की मेरे जीवन की सबसे अमेजिंग पार्टी थी, मेरी शादी से भी कई-कई गुना शानदार पार्टी। करीब 500 लोगों का भोजन रखा था मैंने। उसमें से कई मेहमान तो आउट ऑफ इंडिया से थे। उस टाइम कोई रिटायर होता था तो वह ज्यादा-से-ज्यादा समोसा चिप्स बँटवा देता था। अब ऐसे में किसी को रिटायरमेंट फंक्शन का निमंत्रण आए तो अजीब बात नहीं लगेगी?

मैंने अजमेर क्लब बुक करवाया और वह उस समय की मेरे जीवन की सबसे अमेजिंग पार्टी थी, मेरी शादी से भी कई-कई गुना शानदार पार्टी। करीब 500 लोगों का भोजन रखा था मैंने। उसमें से कई मेहमान तो आउट ऑफ इंडिया से थे। उस टाइम कोई रिटायर होता था तो वह ज्यादा-से-ज्यादा समोसा चिप्स बँटवा देता था। अब ऐसे में किसी को रिटायरमेंट फंक्शन का निमंत्रण आए तो अजीब बात नहीं लगेगी?

लोग समझते थे, पागल है यह, व्यर्थ पैसा खर्च रहा है, इतने बड़े स्तर पर रिटायरमेंट का फंक्शन कौन रखता है?

पर हम तो हम हैं। हर खुशी को मनाने की आदत जो थी और यह तो मेरे जीवन को बदलने वाला दिन था तो इसे मेमोरेबल तो बनाना ही था। हम पटाखों की करीब 20 लड़ियाँ (10-10 हज़ार वाली) ले आए। ढोल बुक किए। गाड़ियाँ भी रखीं।

हमारे ऑफिस में रिटायरमेंट का वही पुराना बोरिंग सा रिवाज था, स्पीच दो, गेंदे की माला पहनाओ, मिलो सबसे और घर जाओ।

पर मुझे कुछ अलग करना था तो मैंने अपने लिए गुलाब की लगभग 100 मालाएँ पहले ही मँगवा ली थीं, कि पहनाओ तो यह पहनाओ। और पूरा नाश्ता वगैरह, सब सिस्टेमेटिक। जबरदस्त सेलिब्रेशन। मेरी एंट्री पर ढोल बजवाए, गजब का दिन, गजब की सेलिब्रेशन कि वहाँ आया एक-एक शख्स बस देखता ही रह गया। वाह भाई वाह! क्या जलवा है।

यहाँ मैं कुछ लोगों का धन्यवाद् कहना चाहूँगा, जिनकी वजह से मेरा रेलवे का सफर इतना बेहतरीन गुजरा।

श्री एच.एस. परिहार

श्री मुकेश चतुर्वेदी

श्री एल.एल गर्ग

श्री सी.बी. शर्मा

श्री अतुल विश्व

श्री अरूण साल्वी

और भी मेरे अनगिनत साथी, इनके सपोर्ट के बिना मैं कुछ नहीं कर सकता था। सभी ने मुझे बहुत सपोर्ट किया, मुझे समझा, जिंदगी में आगे बढ़ने की प्रेरणा दी, आप सभी का मैं तहे दिल से धन्यवाद करता हूँ।

□

अध्याय-28

निदेशक—एक बेहतरीन नई पारी की शुरुआत

1 नवंबर, 2011, एक रात पहले ही हमने जबरदस्त पार्टी की रिटायरमेंट वाली, इसके अगले ही दिन कोई ऑफिस जाता है क्या?

अजीब है न? मैं गया, अरे भाई, बड़ा काम करने के लिए ही तो काम छोड़ा था मैंने, तो अगले दिन से ही क्यों न शुरू किया जाए, व्हाई वेस्ट टाइम?

वह आदमी जो देर रात करीब 12 बजे तक पार्टी कर रहा था, नाच रहा था और ऐसे नाच रहा था कि लोग हैरान थे देखकर कि नौकरी जाने पर कोई नाचता है क्या? वही आदमी सुबह उठकर, नहा-धोकर, टिप-टॉप तैयार होकर, अपनी अगली उड़ान भरने को तैयार खड़ा था।

वही 10 बजे, मैं रेलवे ऑफिस जाया करता था, अब वही 10 बजे मैं अपने खुद के ऑफिस जा रहा था।

मेरा अपना ऑफिस—'सतगुरु आर्केड ऑफिस, KC कांप्लेक्स, अजमेर'

डायरेक्टर की चेयर, मेरी नेम

वह आदमी जो देर रात करीब 12 बजे तक पार्टी कर रहा था, नाच रहा था और ऐसे नाच रहा था कि लोग हैरान थे देखकर कि नौकरी जाने पर कोई नाचता है क्या?

प्लेट, वह खुशी, वह सुकून, वह आनंद, चमक मेरी आँखों से झलक रही थी। मैं सतगुरु ग्रुप का डायरेक्टर? वाकई, यह कोई सपना तो नहीं? पता चले कि मैं वहीं रेलवे ऑफिस में बैठा हूँ, नहीं, यह सब हकीकत ही थी, जो मैं जी रहा था। जिंदगी में जो बहुत बड़ा कदम में आगे बढ़ा चुका था, उसे अब स्पीड देने का वक्त आ गया था।

एक सरकारी अफसर से बिजनेसमैन बनने का सफर शुरू होने जा रहा था।

कुल पाँच जनों के स्टाफ के साथ, मैंने अपना ऑफिस शुरू किया। एक पी.ए. टू डायरेक्टर, एक अकाउंटेंट, एक सेवक और दो सेल्स में।

रियल एस्टेट के ऑफिसेस जितने मैंने देखे थे, बहुत छोटे-छोटे, दो जनों के स्टाफ में होते थे और इस बिजनेस को लोग बहुत आसान समझते थे, जबकि ऐसा था नहीं।

मेरे उन 5-6 सालों के अनुभव का निचोड़ मैंने अपनी कंपनी में लगा दिया।

उस टाइम हम छोटे-छोटे प्लॉट्स खरीदते, बेचा करते थे। हमने इस काम को बहुत सिस्टेमेटिक कर दिया था, एक ट्रेंड सेटर बन गए थे हम। मेरे खयाल में शायद ही पूरे अजमेर में कोई ऐसा रियल एस्टेट का ऑफिस होगा, जहाँ गार्ड हो, जो आपके लिए गेट खोले, फिर रिसेप्शनिस्ट हो, जो आपसे सारी डिटेल्स ले और आपकी पसंद से आपको प्लाट दिखाए। हमारे ऑफिस में हम टी.वी. पर ही प्रॉपर्टीज

दिखाते थे, मेरे खयाल में वह भी अजमेर में पहली बार ही ऐसा होगा कि कोई आपको प्रॉपर्टीज टी.वी. पर ही सलेक्ट करवा रहा है, जिनके पास इतना टाइम नहीं होता था कि प्रैक्टिकली वहाँ जाकर प्रॉपर्टी देखें, हमने वह फैसिलिटी भी उनको दी थी। अगर किसी को वहाँ प्रॉपर्टी देखनी है तो कार और ड्राइवर उनके लिए हमेशा तैयार रहता था। ऐसा करते-करते शहर में हमारा नाम होना शुरू हुआ और ऐसा नाम हुआ कि बस अगर कहीं कोई प्रॉपर्टी लेनी है तो सतगुरु आर्केड से ही लेनी है।

हमारे ऑफिस में हम टी.वी. पर ही प्रॉपर्टीज दिखाते थे, मेरे खयाल में वह भी अजमेर में पहली बार ही ऐसा होगा कि कोई आपको प्रॉपर्टीज टी.वी. पर ही सलेक्ट करवा रहा है, जिनके पास इतना टाइम नहीं होता था कि प्रैक्टिकली वहाँ जाकर प्रॉपर्टी देखें, हमने वह फैसिलिटी भी उनको दी थी। अगर किसी को वहाँ प्रॉपर्टी देखनी है तो कार और ड्राइवर उनके लिए हमेशा तैयार रहता था।

अब मैं एक सरकारी अफसर से बॉस बन चुका था, पहले जो मेरी भागा-दौड़ी होती थी, वह बिल्कुल बंद हो गई थी। अब मैं फ्री-ही-फ्री। जीवन जीने की बारी थी। उस टाइम हमारा (सतगुरु) एक शोरूम भी था, Koutons-रेडीमेड गारमेंट्स का तो मैं ऑफिस से कभी-कभी वह चला जाया करता था, वहाँ की चहल-पहल से मेरा मन लग जाता था। (वह शाम को मार्केट में बैठने वाली आदत गई नहीं थी मेरी) तो ऐसे करके मेरा पहला दिन बीता, जब घर गया तो सबने पूछा, कैसा रहा पहला दिन ?

सच कहूँ, मुझे बहुत मजा आया, जैसे मैं अब तक ऑफिस जाया करता था, एक दिन की पार्टी की थी, उसके बाद अपने ऑफिस गया।

रुटीन वही था, पर जगह नई थी तो मेरा तजुर्बा भी अलग था उस पहले दिन का। हाँ, सुकून अलग था, सफलता की एक सीढ़ी ऊपर चढ़ चुका था मैं, एक कदम आगे बढ़ चला था।

मैंने फिर से जीरो से शुरू किया। मेरा पहला प्रोजेक्ट था सतगुरु क्राउन, कोटरा में एक ऐसी टाउनशिप, जहाँ सबके खुद के घर होते, बीच में गार्डन होता, वगैरह-वगैरह, (यह कांसेप्ट अब तक सिर्फ बड़े शहरों में ही चला था और मैं इसे अजमेर में लाना चाहता था।)

पर कहते हैं न, पहला काम अगर आसानी से पूरा हो जाय तो मतलब समझ लीजिए, या तो वह काम पूरा नहीं हुआ या वह काम आपका नहीं हुआ।

बस हू-ब-हू, मेरे साथ तो घटनी ही थी यह घटना, जैसे ही काम शुरू होने लगा, आ गए मेहमान हमें परेशान करने, वही स्टे लगवाना, कानूनी काररवाई, पुलिस, नगर निगम, इतिहास दोहराने ही वाला था कि कहानी में ट्विस्ट अब मैं अकेला नहीं था। मेरे साथ अब सतगुरु था और यहीं से पासा पलटता है।

दिल से बता रहा हूँ, कांस्टेबल से लेकर, सी.एम. तक मैं सबको जान चुका था और पहचान भी बना ली थी। हर वह जरूरी कागजात

से लेकर, प्रॉपर्टी के कानून से लेकर, ऊपर तक पहुँच लगाना मैंने इसी प्रोजेक्ट में सीख लिया था।

तो बस फिर क्या था? हारने का तो सवाल ही नहीं था। अब तो कोई हमारा बाल भी बाँका नहीं कर सकता। मैं शुक्रगुजार रहना चाहूँगा नरेन और प्रकाश का, उन्होंने मुझे किसी भी मोड़ पर अकेला नहीं छोड़ा, इस बिजनेस में जितना मैंने उनसे सीखा, उतना ही सिखाया भी, विजन उनका था, मेहनत मेरी थी और सारे कानूनी काम, फॉर्मलिटीज सब मेरे जिम्मे थे, क्योंकि अब ऑथोराइज्ड सिग्नेचर थे मेरे और मैं और प्रकाश रोज घंटों बातें किया करते थे, मैं उन्हें सब बताता था, इतनी नॉलेज कि आज प्रकाश को इतने Laws पता हैं मेरी बदौलत कि वह किसी से भी डिसकस कर सकते हैं।

यह मेरा कॉम्बो था, पिकू, बाबाजी (नरेन) और राजा। मेरा बेस्ट से भी बेस्ट कॉम्बो।

हमने मिलकर सतगुरु ग्रुप को उस लेवल पर पहुँचा दिया है, जहाँ पहुँचने की हर कोई बस कल्पना ही कर सकता था।

हमने एक एच.आर. डिपार्टमेंट भी ओपन किया, सतगुरु अफ्रीका के लिए। उसी ऑफिस में। हम अफ्रीका के लिए इंटरव्यूज लेते थे।

पहला राउंड मेरी रिसेप्शनिस्ट लेती थी, सेकेंड राउंड मेरा अकाउंटेंट और फिर थर्ड राउंड मैं लेता था, फिर पूरी पुष्टि करने के बाद ही मैं वहाँ मेल करता था। 2011 से 2015 तक हमने करीब 350 लोगों को सतगुरु अफ्रीका में जॉब दी थी।

धीरे-धीरे इन्वेस्ट करते गए, प्रॉपर्टी बेचते गए, पैसा बनाते गए। मैंने फिर पीछे मुड़कर कभी नहीं देखा। सतगुरु से ऐसे जुड़ा कि आज तक नहीं छूटा, शायद यह ही मेरी डेस्टिनी थी, जहाँ पहुँचने के लिए, पूरी कायनात ने मुझे किन-किन रास्तों पर चलाया, किन-किन लोगों से मिलाया और कैसे कड़ी-से-कड़ी जुड़ती गई। कभी रिवाइंड करके देखूँ तो यकीन ही न हो, मेरा जीवन सच में ऐसे पड़ावों से गुजरा है!

इसी दौरान मेरे इंटरनेशनल ट्रिप्स बहुत लगते थे, मैं और पिकू इतना घूमे हैं, नजर न लगे, पर हम एक-दूसरे पर जान न्योछावर कर दें, आज भी। हमारी फ्रीक्वेंसी ऐसी मैच करती थी कि हम जहाँ जाते थे, वहाँ बिजनेस अपोरचुनिटी देखते थे, जहाँ से आइडियाज मिलते, हम उसे अजमेर में इंप्लीमेंट करते थे। अजमेर मैं मेरी रूह बसती है, इसके विकास के लिए कुछ भी करना मेरे लिए सौभाग्य की ही बात है।

अजमेर को पहला फूड कोर्ट (सिनेमाल) देने वाले हम थे। अजमेर में पहला डिपार्टमेंटल स्टोर (रोजाना का किराना) शुरू करने वाले हम थे।

लक्जरी होटल चेन—ब्राविया होटल

लक्जरी फ्लैट्स-ब्राविया रेजीडेंसी, दीपमाला रेजीडेंसी, और अब सतगुरु ओपेरा, जो जल्द ही उपलब्ध होने वाला है। मेरे विचार से इस पुस्तक के छपने तक हो जाएगा यह काम भी।

ऐसा नहीं है कि सतगुरु को बड़ा बनाने में कोई कठिनाई नहीं आई, मेरे पुराने तजुर्बे से कहीं ज्यादा मुझे मुश्किलों का सामना करना पड़ा था और आज भी करना पड़ता है। जब आपका नाम होता है तो दुनिया बदनाम करने में भी कोई कसर नहीं छोड़ती है। इन प्रोजेक्ट्स को पूरा करने में भी हमें कई समस्याओं का सामना करना पड़ा, फर्क बस इतना है कि पहले मैं अकेला था, अब हम तीनों की ताकत है मेरे पास।

अजमेर का सबसे बड़ा मॉडर्न स्कूल—सतगुरु इंटरनेशनल स्कूल।

There is no end···हम रुकना ही नहीं चाहते। अजमेर के लिए जितना किया जाए, उतना कम है।

जल्द ही सतगुरु मॉल भी आने वाला है और कई रेजिडेंशियल प्रोजेक्ट्स भी लाइन में हैं।

मेरा हमेशा से यही मानना है, सोसाइटी से लिया है, उससे ज्यादा इस सोसाइटी को देना चाहिए।

हाँ, कुछ अधूरे ख्वाबों का मलाल है, पर वह मेरी सफलता, मेरी मेहनत, मेरी किस्मत, मेरी खुशी, मेरे सुख से बढ़कर नहीं है।

ऐसा नहीं है कि सतगुरु को बड़ा बनाने में कोई कठिनाई नहीं आई,

मेरे पुराने तजुर्बे से कहीं ज्यादा मुझे मुश्किलों का सामना करना पड़ा था और आज भी करना पड़ता है। जब आपका नाम होता है तो दुनिया बदनाम करने में भी कोई कसर नहीं छोड़ती है। इन प्रोजेक्ट्स को पूरा करने में भी हमें कई समस्याओं का सामना करना पड़ा, फर्क बस इतना है कि पहले मैं अकेला था, अब हम तीनों की ताकत है मेरे पास। ऊपर से अनिल भैया का जबरदस्त सपोर्ट व गाइडेंस तो सोने पर सुहागा और हमने साथ में अपने प्रोजेक्ट्स को पूरा होते देखा है, सपनों को साकार होते देखा है। मेहनत में तो आज भी कमी नहीं है, इसलिए अब कुछ भी मुश्किल नहीं लगता।

काम के सिलसिले में प्रकाश ने मुझे एक ऐसे शख्स से मिलवाया, जिन्हें हर फील्ड की जानकारी है, चाहे आप टैक्सेशन ले लो, पॉलिटिकल ले लो, बिजनेस ले लो, सामाजिक ले लो, कंस्ट्रक्शन ले लो, इंपोर्ट-एक्सपोर्ट ले लो, जितना बोलूँ उतना कम है, पेपर खत्म हो जाएँगे, उनके तजुरबे और स्टोरीज खत्म नहीं होंगी, वह शख्स हैं—श्रीमान् अभय चोपड़ा जी। वह भी पार्टनर हैं सतगुरु में, उनसे पहली मुलाकात मेरी दुबई में हुई थी।

काम के सिलसिले में प्रकाश ने मुझे एक ऐसे शख्स से मिलवाया, जिन्हें हर फील्ड की जानकारी है, चाहे आप टैक्सेशन ले लो, पॉलिटिकल ले लो, बिजनेस ले लो, सामाजिक ले लो, कंस्ट्रक्शन ले लो, इंपोर्ट-एक्सपोर्ट ले लो, जितना बोलूँ उतना कम है, पेपर खत्म हो जाएँगे, उनके तजुरबे और स्टोरीज खत्म नहीं होंगी, वह शख्स हैं—श्रीमान् अभय चोपड़ा जी।

मैं ब्राविया रेजीडेंसी जब बनाने जा रहा था, तब उन्होंने हमें ऐसे-ऐसे पॉइंट्स बताए कि शायद कोई आर्किटेक्ट भी न बता सके। उनकी नॉलेज से इतना प्रभावित हुआ, कि हम जो प्रोजेक्ट शुरू करते, उसमें

उनकी राय जरूर लेते थे, उनकी जो पैनी नजर थी हर मामले में, कोई भी हैरान रह जाए, कि इस तरह से भी सोचा जा सकता है क्या?

उनसे भी मेरा परिचय बहुत गहरा हो गया, मैं जब भी दुबई जाता, वह और दीपिका भाभी बड़े प्यार से मुझे डिनर पर बुलाते हैं, मुझे बहुत अच्छा लगता है, जब मुझे ऐसे पारिवारिक रिश्ते माता रानी के आशीर्वाद के रूप में मिलते हैं।

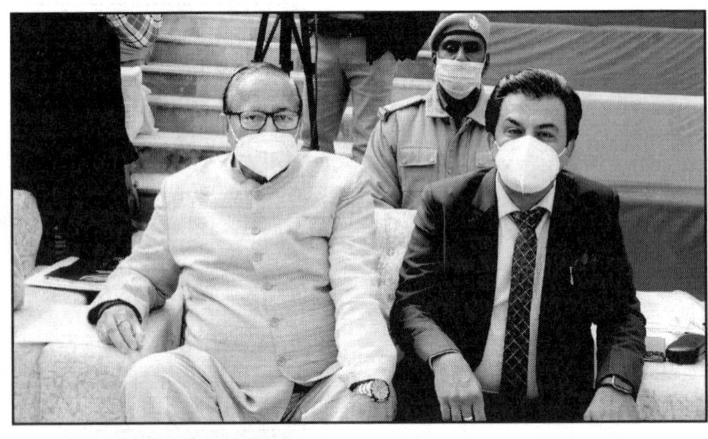

2011 में मेरी मुलाकात हुई प्रीतिन भाई से। प्रीतिन भवसर, वह भी दुबई में रहते हैं, नरेन के साथ 'पराँठा किंग' में पार्टनर हैं। उनकी पर्सनैलिटी हमेशा मुझे मंत्र मुग्ध कर देती है, गुजराती लोग होते ही बहुत मीठे हैं और मैं उन्हें यह श्रेय देना चाहूँगा कि आज जो मेरा फैशन सेंस है, पर्सनैलिटी है, यह सब उन्हीं की देन है। मैं जब भी दुबई जाता हूँ, उन्हीं के साथ शॉपिंग करता हूँ। सैकड़ों बार मैं उनके साथ गया हूँ शॉपिंग करने और उन्होंने ही मुझे सिखाया है कि किस टाइम, कैसी ड्रेस पहननी चाहिए, किस ट्राउजर के साथ कौन सी शर्ट पहनी जाएगी, सब उन्हीं की कृपा से सीखा मैंने, इस तरह से मेरा परिवार बढ़ता गया, प्यार बढ़ता गया और एक अटूट रिश्ता जो आज भी बरकरार है। हिना भाभी, तिप्शा व करमीत भी मेरे परिवार का अभिन्न हिस्सा बन गए।

यह दुनिया इतनी बड़ी होने के बावजूद भी बड़ी छोटी जगह है। मिसाल के तौर पर, मेरी एक ऐसे शख्स से दोस्ती हुई, जो उसी इलाके में रहते थे, जहाँ मैं रहा करता था। पर संयोग कि उनसे मेरी मुलाकात दूर विदेश दुबई में जाकर हुई। दीपक भैया हैं वह दोस्त, जिनसे मिलकर मुझे लगा कि मुझे जीवन में एक और बेहतरीन साथी मिल गया है।

यह दुनिया इतनी बड़ी होने के बावजूद भी बड़ी छोटी जगह है। मिसाल के तौर पर, मेरी एक ऐसे शख्स से दोस्ती हुई, जो उसी इलाके में रहते थे, जहाँ मैं रहा करता था। पर संयोग कि उनसे मेरी मुलाकात दूर विदेश दुबई में जाकर हुई। दीपक भैया हैं वह दोस्त, जिनसे मिलकर मुझे लगा कि मुझे जीवन में एक और बेहतरीन साथी मिल गया है।

जब नरेन ने मुझे उनसे पहली बार मिलवाया तो मुझे एक कनेक्शन सा महसूस हुआ और बातों-बातों में जब उन्होंने बताया कि वे भी अजमेर से ही हैं, वह भी दरगाह बाजार से···तो मुझे पक्का यकीन हो गया कि दुनिया सच में गोल है। घूम-फिरकर वह हमें हमारे साथियों से मिला ही देती है। फिर चाहे वह पास हो या दूर!

दीपक भैया की पर्सनालिटी का मैं फैन हूँ और वही अपनापन मुझे उनकी फैमिली ने भी दिया। कविता भाभी, ख्वाहिश और भौमिक सब मेरे परिवार का हिस्सा बनते चले गए। हर खुशी में, हर जश्न में, वे शामिल होते गए और दीपक भैया कमाल का डांस करते हैं, उनके होने से मेरा हर सेलिब्रेशन दुगना हो जाता है।

मैं अपने आप को खुश नसीब समझता हूँ कि मैं उन लोगों में से हूँ, जिसने जितना खोया, उससे तिगुना, चौगुना ही पाया है। जो खो गया है, उसका दु:ख न मनाते हुए, जो पाया है, उसकी खुशी मनाते हैं।

मम्मी-डैडी के आशीर्वाद से मैं बस चलता चलूँ, जीवन की

आखिरी श्वास तक, उन लोगों के लिए कुछ करूँ, जिन्होंने मेरा साथ दिया और मेरी जिंदगी बेहतर बनाई और समाज के लिए कुछ अच्छा काम करूँ। जिसकी शुरुआत मैंने और नरेन से बहुत साल पहले कर दी थी याद है, वह विधवाओं को जरूरत का सामान देना, हर महीने। अब मैं वही काम और उससे भी कई ज्यादा, एक बड़े पैमाने पर हमारे बैनर- थारवानी ऐंड गुरनानी फाउंडेशन के तहत करता हूँ और करता रहूँगा। मेरे जाने के बाद मैं चाहूँगा मेरे और नरेन के बच्चे (भूमिका, मंथन निशा और स्नेहा) इस परंपरा को फॉलो करें और अपना नाम रोशन करें।

मेरा आशीर्वाद, मेरी शुभकामनाएँ…

इसी बीच मैं ऐसे महान् शख्स से आपको रूबरू करवाना चाहता हूँ, जो मेरी जिंदगी में किसी चमत्कार से कम नहीं।

□

अध्याय-29

अनिल चंदीरानी—
चेयरमैन सतगुरु ग्रुप-वर्ल्डवाइड

अनिल भैया (मेरे राधास्वामी, मेरे भगवान्), वह पवित्र गंगा है, जिनमें हर कोई समा सकता है। पूरे सतगुरु के बॉस, इतने सहज, इतने सिंपल, इतने सीधे, मैं मान ही नहीं सकता था। जब मैं उनसे मिला, तब यकीन हो गया कि ऐसे इनसान भी हैं इस धरती पर। इतने विनम्र, जमीन से जुड़े हुए। वह सिर्फ मेरे लिए ही भगवान् नहीं है, जितने उनके ऑफिस में लोग है, उन सबके लिए है।

अनिल भैया (मेरे राधास्वामी, मेरे भगवान्), वह पवित्र गंगा है, जिनमें हर कोई समा सकता है। पूरे सतगुरु के बॉस, इतने सहज, इतने सिंपल, इतने सीधे, मैं मान ही नहीं सकता था। जब मैं उनसे मिला, तब यकीन हो गया कि ऐसे इनसान भी हैं इस धरती पर।

उनसे मिलने की भी एक दिलचस्प कहानी है—

जानते हैं, जब मैंने सतगुरु बतौर पार्टनर ज्वॉइन किया, तब मैं अनिल भैया से नहीं मिला था, मेरे पार्टनर बनने के करीब तीन साल बाद मेरी उनसे मुलाकात हुई। बताइए, बिना मुझसे मिले चेयरमैन साहब ने मुझे अपने दिल का पार्टनर बना लिया था,

यह ट्रस्ट लेवल था उनको प्रकाश पर और मुझ पर।

अनिल भैया भी अजमेर से ही हैं, पर उन्हें 30 साल से ज्यादा हो गए अजमेर छोड़े हुए, वह दुबई जाकर ऐसे बसे कि वहीं के होकर रह गए।

एक बार अनिल भैया अजमेर आये हुए थे और तब पिकू ने मुझे उनसे मिलाया, "अनिल भैया आये हुए हैं, उन्हें घर पर कुछ कंस्ट्रक्शन का काम है, चलोगे?"

इनकार करने का तो सवाल ही पैदा नहीं होता था। तब तक अनिल भैया की इमेज मेरे दिमाग में वही मूवीज वाले चेयरमैन की तरह थी, वह अपना काम 42 कंट्रीज में फैला चुके थे तो मैं सोचता था, इतने बड़े आदमी हैं, पर्सनैलिटी गजब की होगी, सोने की चैन वगैरह, कपड़े भी

वैसे, वगैरह-वगैरह और जब मैं वहाँ पहुँचा तो एक अलग ही स्वरूप देखता हूँ मैं कि चेयरमैन ऐसे भी होते हैं। सिंपल पैंट-शर्ट, बस और कुछ नहीं, लेकिन चेहरे पर एक अलग चमक, अलग नूर और सुकून। मैं तो पहचान ही नहीं पाया, प्रकाश ने मिलवाया, मैंने पैर छुए, मिले और उनको जो काम करवाना था, उसका वह मुझसे हिसाब पूछ रहे थे, मैं हैरान भी था और उन्हें सब बता भी रहा था, बाद में पिकू से पूछता हूँ, "ये चेयरमैन हैं? इतने सिंपल?"

पिकू बोले, "क्यों सिंपल नहीं हो सकते क्या?" हजम नहीं होती न ऐसी बाते, तो मैं हैरान ही था। फिर बात आई-गई हो गई, कुछ साल बीते और उनके यहाँ किसी की डेथ हो गई थी, तब वह फिर से अजमेर आए। मुझे याद है, थर्ड डे था, उसकी बैठक थी, हम सब गए, मैं भैया से मिला, उन्हें मेरा नाम याद था! वाओ! भैया को मेरा नाम याद है, मेरे लिए बहुत बड़ी बात थी और वहीं पर मैं माला भाभी से भी मिला, उनसे मिलकर मुझे इतनी खुशी महसूस हुई, जैसे भैया हैं इतने सिंपल, इतने सहज, वैसे ही माला भाभी हैं, उतनी ही सादगी है उनमें।

पिकू बोले, "क्यों सिंपल नहीं हो सकते क्या?" हजम नहीं होती न ऐसी बाते, तो मैं हैरान ही था। फिर बात आई-गई हो गई, कुछ साल बीते और उनके यहाँ किसी की डेथ हो गई थी, तब वह फिर से अजमेर आए। मुझे याद है, थर्ड डे था, उसकी बैठक थी, हम सब गए, मैं भैया से मिला, उन्हें मेरा नाम याद था! वाओ!

फिर कुछ समय बीता, मेरा दुबई आना-जाना लगा रहता था तो उनसे भी छोटी-मोटी मुलाकात होती रहती थी। मैं पिकू के चैंबर में बैठा रहता था तो वह पूछ लेते थे, "राजा भाई, अजमेर की क्या

खबर।" ऐसे कर हमारी जान-पहचान बढ़ी। भैया और भाभी से मेरा प्रेम बढ़ता गया।

ऐसे अचानक में ही, जब अनिल भैया और मैं किसी मीटिंग में थे, 2014 की बात है, मेरा जाना हमेशा रैंडम ही होता था, कभी भी मैं अपॉइंटमेंट लेकर नहीं गया। तो मैंने पिकू से बोला, भैया से मिल सकता हूँ मैं पाँच मिनट ?

अब मीटिंग के बीच में मैं चला गया था तो मिल ही लिया।

हम बैठे और मुझे भी पता नहीं क्या सूझी, मैंने भैया को बोला, "भैया, मैं स्कूल खोलना चाहता हूँ।"

बोले, "क्यों ?"

मैं बोला, "भैया, बड़ी-बड़ी स्कूल के एडमिशन में बड़ी तकलीफ आती है, मैं चाहता हूँ अपन एक ऐसा स्कूल खोलें, जो पूरे शहर में टॉप क्लास हो, एडमिशन के लिए किसी को कोई तकलीफ नहीं हो और सुविधाएँ ऐसी, जो एक इंटरनेशनल स्कूल में होती हैं।"

बस, वह समय था, जब सतगुरु इंटरनेशनल स्कूल का जन्म हुआ।

मैं बोला, "भैया, बड़ी-बड़ी स्कूल के एडमिशन में बड़ी तकलीफ आती है, मैं चाहता हूँ अपन एक ऐसा स्कूल खोलें, जो पूरे शहर में टॉप क्लास हो, एडमिशन के लिए किसी को कोई तकलीफ नहीं हो और सुविधाएँ ऐसी, जो एक इंटरनेशनल स्कूल में होती हैं।"

बस, वह समय था, जब सतगुरु इंटरनेशनल स्कूल का जन्म हुआ।

अनिल भैया का इंटरेस्ट जागा, उन्होंने कहा, "प्रॉपर रिपोर्ट बनाओ, फिर शुरू करते हैं। लेकिन फीस ऐसी रखना कि बच्चों के पैरेंट्स पर ज्यादा बोझ न पड़े।"

मान गए अनिल भैया आपको। भरोसा हो तो ऐसा हो। स्कूल का

काम शुरू होने से उसके इनॉगरेशन तक, अनिल भैया ने झाँककर देखा भी नहीं, एक बार भी इंडिया आकर नहीं देखा, सब कुछ मेरे भरोसे छोड़ दिया, मुझे फ्री हैंड दे दिया और मैंने भी उस जिम्मेदारी को बखूबी निभाया।

उसके बाद भैया से मेरी मुलाकातें बढ़ती गई; जितना हम मिलते गए, उतने क्लोज आते गए। बड़ी लेवल की बॉण्डिंग हमारी एक अफ्रीका टूर पर बनी। ब्राविया रेजीडेंसी की अफ्रीका में ओपनिंग थी और लगभग हर कंट्री के डायरेक्टर उस मीटिंग में आए थे। मैं भी वेजीटेरियन और भैया भी वेजीटेरियन; वह कंट्री ऐसी जहाँ वेजीटेरियन को एलियंस की तरह देखा जाता है।

उसके बाद भैया से मेरी मुलाकातें बढ़ती गई; जितना हम मिलते गए, उतने क्लोज आते गए। बड़ी लेवल की बॉण्डिंग हमारी एक अफ्रीका टूर पर बनी। ब्राविया रेजीडेंसी की अफ्रीका में ओपनिंग थी और लगभग हर कंट्री के डायरेक्टर उस मीटिंग में आए थे। मैं भी वेजीटेरियन और भैया भी वेजीटेरियन; वह कंट्री ऐसी जहाँ वेजीटेरियन को एलियंस की तरह देखा जाता है।

तो वह मेरे लिए ढूँढ़ते थे वेजीटेरियन फूड, "राजा भाई, राजा भाई, इधर आओ, फ्रूट्स खा लो, आपको पसंद है न?" और जैसे ही मुझे कुछ मिलता, मैं उनको बुला लेता, अनिल भैया इतने केयरिंग हैं कि क्या-क्या बताऊँ। कौन चेयरमैन ऐसे डायरेक्टर का ध्यान रखता है कि वह वेजीटेरियन है, उसको फ्रूट्स पसंद है, totally unexpected.

हम इतनी बातें किया करते थे, वह पाँच दिन हमारे कैसे बीते, पता ही नहीं चला। मीटिंग्स के बीच में जब हमें टाइम मिलता, हम बतियाना शुरू कर देते।

उसी दौरान मैंने अनिल भैया की स्टोरी जानी, उन्हीं की जुबानी और सुनकर मैं खुद को बहुत खुश नसीब समझ रहा था कि मैंने तो इतने दु:ख नहीं देखे, जितने इन्होंने देखे हैं। मैंने तो कुछ नहीं जीया, जो इन्होंने भुगता है। अभी सब देखें तो लगता हैं, चेयरमैन है, क्या लाइफ है, पर यहाँ तक पहुँचने के लिए उन्होंने खुद को किस आग में जलाया है, हैट्स ऑफ।

अनिल भैया से मेरा रिश्ता ऐसा बन गया था कि जब मैंने उन्हें भूमिका की शादी का न्योता भेजा, मैं जिद पर अड़ गया कि नहीं, आपको और माला भाभी को आना ही है और वह सिर्फ मेरे लिए, भूमिका की

शादी पर आए, वह किसी रिश्तेदार की शादी में न जाएँ और भूमिका की शादी में इंडिया आए। सब जगह हंगामा मच गया कि चेयरमैन साहब आए हैं भूमिका की शादी में। उन्होंने मुझे दिल से अपना छोटा भाई माना था, इसलिए भूमिका की शादी में वह इतने गिफ्ट्स लेकर आए, पूरी तैयारी के साथ, मुझे तो यकीन ही नहीं हो रहा था, क्योंकि मेरे लिए उनका सिर्फ आना ही बहुत ओवरव्हेल्मिंग था। माला भाभी तो जैसे पूरा दुबई उठा लाई हों भूमिका के लिए, किस्मत वालों को ऐसी भाभी मिलती हैं, सच। शादी हुई, बेटी को विदा कर मैं बहुत अकेला महसूस कर रहा था, मेरे जज्बात इन्होंने इतने समझ लिए कि वे शादी के तुरंत बाद ही दुबई लौटना चाहते थे, पर मेरे लिए इन्होंने अपना प्लान चेंज कर लिया और अजमेर आए हमारे साथ। जो इतनी बड़ी कंपनी का मालिक है, उसका शेडूल कितना टाइट होगा और ऐसे मैं सिर्फ मेरे लिए उन्होंने सब चेंज कर दिया, मैं उनके प्यार तले और बह गया। स्कूल तब तक तैयार नहीं हुआ था, काम चल रहा था और अनिल भैया उसे देखकर कहते हैं, "राजा भाई, सच में आपने चमत्कार कर दिया।" वह शायद मेरी दूसरी सबसे बड़ी जीत थी।

> *अनिल भैया से मेरा रिश्ता ऐसा बन गया था कि जब मैंने उन्हें भूमिका की शादी का न्योता भेजा, मैं जिद पर अड़ गया कि नहीं, आपको और माला भाभी को आना ही है और वह सिर्फ मेरे लिए, भूमिका की शादी पर आए, वह किसी रिश्तेदार की शादी में न जाएँ और भूमिका की शादी में इंडिया आए। सब जगह हंगामा मच गया कि चेयरमैन साहब आए हैं भूमिका की शादी में। उन्होंने मुझे दिल से अपना छोटा भाई माना था, इसलिए भूमिका की शादी में वह इतने गिफ्ट्स लेकर आए।*

हमारे अनिल भैया की जितनी तारीफ की जाए, उतनी कम है। बहुत खुशनसीब लोगों को ऐसे जेन्युइन, इतने हंबल चेयरमैन मिलते हैं।

मैंने और प्रकाश ने उन्हें अजमेर की सारी बिल्डिंग्स, ऑफिसेस विजिट करवाईं। अंत में जब अनिल भैया और माला भाभी सतगुरु इंटरनेशनल स्कूल चले तो हैरान हो गए और उनके मुँह से तारीफ के दो बोल भी मेरे लिए अमृत हैं। अनिल भैया, माला भाभी, पिकू और गरिमा स्कूल की तारीफ करते नहीं थक रहे थे, बोले, "क्या गजब स्कूल बनाया है, आपने तो चमत्कार ही कर दिया। बहुत देश घूमे हमने, पर ऐसा स्कूल नहीं देखा। बच्चों का भविष्य बहुत बढ़िया होने वाला है यहाँ। हैट्स ऑफ राजा भैया।"

बस यह कुछ बोल उनके मुख से निकले और मेरी जिंदगी के बेहतरीन लम्हों में शामिल हो गए। स्कूल में दिए मेरे तीन साल छह महीने, जिसमें न दिन की खबर, न रात का पता, जी तोड़ मेहनत रंग ले

आई, जैसे उन कठिन दिनों की मेरी सारी थकान छूमंतर हो गई हो यह सब सुनकर।

आज यह स्कूल अजमेर संभाग के श्रेष्ठ स्कूलों में से एक बन चुका है और आगे भी रहेगा।

□

अध्याय-30

हमसफर का 25 वर्षों का सफर

हम चलते-चलते इतना दूर आ जाएँगे, कभी सोचा नहीं था। आज 29 मई, 2019, हमारी शादी की पच्चीसवीं सालगिरह है, यानी एक और खुशी को दिल खोलकर मनाने की बारी है।

यह सिर्फ एक दिन का आयोजन नहीं था, बल्कि हमारे जीवन के उन पच्चीस वर्षों का उत्सव था, जिनमें हमने संघर्ष किया, सीखा और साथ में कई खुशनुमा पल बिताए।

यह सिर्फ एक दिन का आयोजन नहीं था, बल्कि हमारे जीवन के उन पच्चीस वर्षों का उत्सव था, जिनमें हमने संघर्ष किया, सीखा और साथ में कई खुशनुमा पल बिताए। मैं और मेरा पूरा परिवार इस खुशी के मौके को मनाने के लिए इतने उत्सुक थे कि तैयारियाँ कई महीने पहले से करने शुरू कर दिए थे हमने।

मैं और मेरा पूरा परिवार इस खुशी के मौके को मनाने के लिए इतने उत्सुक थे कि तैयारियाँ कई महीने पहले से करने शुरू कर दिए थे हमने।

एक भव्य स्थल—अनंता रिसॉर्ट, पुष्कर को हमने बुक किया, और फिर शुरू हुआ शॉपिंग का सफर। क्या अजमेर, क्या जयपुर, क्या दुबई, हमने एक जगह भी नहीं छोड़ी थी। सब जगहों से कुछ-न-

कुछ तो खरीद ही लिया था, साथ ही जो उस दिन काम नहीं आने वाली थी, वो ड्रेस भी ले ली, इतनी खुशी थी हमें।

फिर इवेंट वाला बुक किया। मेरे नेचर को समझते हुए उसने भी कुछ अलग कॉन्सेप्ट से पूरा इवेंट डिजाइन किया—साज-सजावट, लाइट्स, म्यूजिक, आदि। हर कोने में एक नई ताजगी और उत्साह का माहौल था। वातावरण और भी खुशनुमा बन गया था।

फिर इवेंट वाला बुक किया। मेरे नेचर को समझते हुए उसने भी कुछ अलग कॉन्सेप्ट से पूरा इवेंट डिजाइन किया—साज-सजावट, लाइट्स, म्यूजिक, आदि। हर कोने में एक नई ताजगी और उत्साह का माहौल था। वातावरण और भी खुशनुमा बन गया था। अब बारी आती है डांस सीखने की। राजा भैया को फिल्मों का शौक तो बहुत है, पर डांस कर पाएँगे या नहीं?

अब बारी आती है डांस सीखने की।

राजा भैया को फिल्मों का शौक तो बहुत है, पर डांस कर पाएँगे या नहीं?

चलिए जी, ये चुनौती भी स्वीकार है। हमने कोरियोग्राफर को भी बुक किया और जी-जान लगाकर डांस की प्रैक्टिस की।

मेरा और कविता का शानदार रोमांटिक डांस (शाहरुख खान का फैन जो हूँ) और बच्चों का मस्ती भरा डांस, हम सब तैयार थे इस सेलिब्रेशन को और भी बड़ा बनाने में।

खुशियों और उत्सवों में जब सब शामिल हों तो दुगना आनंद आता है। मैं तो ठहरा शौकीन और खर्चीला इनसान, एक मेहमान भी छूटना नहीं चाहिए, इतनी लंबी लिस्ट बना डाली। दूर-दूर से सब रिश्तेदारों को, दोस्तों को, ससुराल पक्ष को न्योता भेजा। कुछ तो शादी में भी नहीं आ

पाए थे, पर मुझे खुशी हुई कि इस बार सब आए। तैयारियों में दिन-रात बीते और समय आया उस पल को जीने का।

हम सब रिसॉर्ट पहुँचे और सभी मेहमान एक-एक कर आए। उनका ढोल-नगाड़ों के साथ भव्य स्वागत किया गया और उनके रहने का बहुत बढ़िया इंतजाम किया गया। रिसॉर्ट की तैयारियाँ देखकर मेरा मन बहुत खुश हो गया। हम सभी ने लंच किया और फिर गेम्स खेले, अंताक्षरी भी जमकर खेली, डांस तो रुकने का सवाल ही पैदा नहीं होता।

फिर आई वो हसीन शाम, जिसका मुझे और कविता को बेसब्री से इंतजार था। हम दोनों तैयार थे एंट्री लेने के लिए और किन शब्दों में बताऊँ कि मैं कैसा महसूस कर रहा था! ऐसा लग रहा था कि मेरी दोबारा शादी हो रही हो। एक-एक कदम हम स्टेज की ओर बढ़ रहे थे तो जीवन के वो 25 साल एक-एक कर मेरे दिलोदिमाग पर छा रहे थे। किस तरह हम दोनों ने ये वक्त बिताए, साथ हँसे, साथ रोए, हर उतार-चढ़ाव साथ में जीए। एक फ्लैशबैक मेरे दिमाग में किसी पिक्चर की तरह चल रहा था और खुशी उतनी ही गति से बढ़ती जा रही थी,

जैसे हमने एक माइलस्टोन पार किया हो। आसान तो नहीं थे ये साल, पर कविता के साथ ने सब समेट लिया था।

इस खुशी के मौके पर गिफ्ट तो बनता है, सो मैंने कविता को एक बी.एम.डब्ल्यू. कार गिफ्ट की। उसकी आँखों में खुशी के आँसू थे। कविता, तुमने जो किया मेरे लिए, मेरा जीवन सँवारा, मुझे दो प्यारे-प्यारे बच्चे दिए, हर मोड़ पर मेरा साथ दिया, उसके सामने यह छोटा सा तोहफा है।

वो शाम हमने बहुत ही उत्साहपूर्वक व मजेदार मनाई। सभी मेहमानों ने स्वादिष्ट खाने का भरपूर आनंद उठाया और दिल खोलकर नृत्य किया। पुरानी यादों के गानों पर डांस करना एक अद्भुत अनुभव था। हमने अपने परिवार और दोस्तों के साथ नाचते-गाते हुए इस खास दिन को और भी यादगार बना दिया।

पच्चीसवीं वर्षगाँठ का उत्सव हमारे जीवन का एक ऐसा अविस्मरणीय अध्याय था, जिसे हम ताउम्र याद रखेंगे। यह विशेष दिन हमारे जीवन के हर उस पल की याद दिलाता रहेगा, जो हमने संघर्ष, खुशियों और प्यार के साथ बिताया है। उन पच्चीस वर्षों में हमने कई

कठिनाइयों का सामना किया, लेकिन हर मुश्किल को पार करते हुए हमने अपने रिश्ते को और भी मजबूत बनाया। यह दिन हमें हमारे साझा किए हुए हर उस क्षण की याद दिलाता है, जिसमें हमने एक-दूसरे का साथ दिया, एक-दूसरे को संबल प्रदान किया और साथ मिलकर खुशियों का जश्न मनाया।

> *इस दिन ने हमें यह एहसास दिलाया कि परिवार और दोस्तों का साथ हमारे जीवन में कितना महत्त्वपूर्ण और अनमोल है। हमारे प्रियजनों के बिना यह सफर अधूरा होता। उनके समर्थन, प्रेम और स्नेह ने हमें हर कदम पर आगे बढ़ने का साहस दिया। यह उत्सव हमें यह सिखाता है कि सच्ची ख़ुशी और सफलता केवल हमारी व्यक्तिगत उपलब्धियों में नहीं, बल्कि उन रिश्तों में निहित होती है, जो हमने इस यात्रा के दौरान बनाए और सँजोए हैं।*

इस दिन ने हमें यह एहसास दिलाया कि परिवार और दोस्तों का साथ हमारे जीवन में कितना महत्त्वपूर्ण और अनमोल है। हमारे प्रियजनों के बिना यह सफर अधूरा होता। उनके समर्थन, प्रेम और स्नेह ने हमें हर कदम पर आगे बढ़ने का साहस दिया। यह उत्सव हमें यह सिखाता है कि सच्ची खुशी और सफलता केवल हमारी व्यक्तिगत उपलब्धियों में नहीं, बल्कि उन रिश्तों में निहित होती है, जो हमने इस यात्रा के दौरान बनाए और सँजोए हैं। यह दिन न केवल हमारे लिए, बल्कि हमारे सभी प्रियजनों के लिए भी विशेष था, जिन्होंने हमारे जीवन को अपने प्रेम और समर्थन से सँवार दिया।

इतना ही नहीं, सालगिरह की ख़ुशी अलग और नए घर में शिफ्ट होने की खुशी अलग!

मैंने कहा था न, जब सात बँगला कॉलोनी में एमओएच-डीईडब्ल्यू बना था, वो तो पहला घर था। अभी और आशियाने बाकी थे। दूसरा एमओएच-डीईडब्ल्यू सिविल लाइंस में बना, और लो, बन गया था हमारा एक और आशियाना—'कविराज', जिसका मुहूर्त सालगिरह के उत्सव के ठीक अगले दिन, यानी 30 मई, 2019 को ब्राविया रेजीडेंसी के सातवें फ्लोर पर रखा गया था।

हमारा सेलिब्रेशन कहाँ एक ही दिन में खत्म होता है! अगले दिन गृह प्रवेश की पूजा के बाद ही हमने सभी मेहमानों को विदा किया और इन पलों को जिंदगी भर के लिए सुनहरे पन्नों में शामिल कर लिया।

□

अध्याय-31

मेरी बिटिया का 'कन्यामान'

एक पिता के लिए इससे बड़ा सुनहरा समय क्या होगा कि उसकी बिटिया, जिसे उसने जन्म दिया, बड़ा होते देखा, स्कूल जाते हुए देखा, कॉलेज जाते हुए देखा…अब वो अपने पसंद के लड़के से शादी करने जा रही थी।

> ***एक पिता के लिए इससे बड़ा सुनहरा समय क्या होगा कि उसकी बिटिया, जिसे उसने जन्म दिया, बड़ा होते देखा, स्कूल जाते हुए देखा, कॉलेज जाते हुए देखा…अब वो अपने पसंद के लड़के से शादी करने जा रही थी।***

दोनों परिवारों में रिश्ता इतना मजबूत बन जाएगा, ऐसा बहुत कम देखने को मिलता है। लेकिन मनोज भाई साहब और मृदुला भाभी हैं ही इतने कमाल के कि उन्होंने हमें पल-दो पल में ही अपना बना लिया। मैं बहुत ज्यादा संतुष्ट था कि मेरी बेटी इतने अच्छे परिवार में जा रही है, जो उसे बहुत प्यार देंगे मेरी तरह। जैसा दामाद मैं चाह रहा था बेटे के रूप में, मुझे वैसा ही मिला। जैसी बहू वे चाह रहे थे, उनको वैसी ही मिली।

दोनों परिवार बेहद खुश थे। हर कोई इस शादी का बेसब्री से इंतजार कर रहा था। हम सबने मिलकर इस खुशी के मौके को और भी

खास बनाने के लिए कोई कोर-कसर नहीं छोड़ी। हर एक तैयारियों में दोनों परिवारों का सहयोग और प्यार साफ झलक रहा था। यह देखकर मेरा दिल गर्व और खुशी से भर जाता था।

जब मैंने वॉलंटरी रिटायरमेंट की, सिल्वर जुबली की सेलिब्रेशन इतने जोर-शोर से की थी, तो फिर यह तो मेरी ऑक्सीजन (भूमिका) की शादी है, इसे तो जश्न की तरह मनाया जाएगा। इसके लिए एक महीना नहीं, करीब करीब 6 महीने पहले से तैयारियाँ शुरू हो चुकी थीं। जैसे-जैसे दिन करीब आ रहा था, मेरा दिल भावनाओं से भरा जा रहा था। एक पिता के लिए अपनी बेटी की शादी का मतलब है—अपने जीवन के सबसे कीमती हिस्से को विदा करना। हर दिन के साथ मेरी भावनाएँ और भी गहरी होती गईं।

हमने जयपुर के ली-मेरीडियन होटल को बुक किया और यहाँ अजमेर ब्राविया होटल में माता की चौकी भी रखवाई। मैं चाहता था, सारे भगवान् मेरी बच्ची को ढेर सारा आशीर्वाद दें, उसे कोई कमी नहीं होनी चाहिए।

अब मैं मेरी बेटी को शादी के जोड़े में देखने के लिए बेहद उत्सुक व रोमांचित था। दुनिया में ऐसा कोई शब्द नहीं बना, जो इस एहसास को बयान कर सके। मेरी भूमिका कितनी सुंदर लग रही थी। उसकी आँखों में चमक थी, उसका चेहरा उस खुशी और संतोष को बयान कर रहा था, उसे देखकर, मेरे मन में उसके बचपन की यादें ताजा हो गईं…जब वह छोटी थी और अपनी नन्ही उँगलियों से मेरा हाथ पकड़ती थी, उसकी मासूमियत, उसके सवाल, उसकी खिलखिलाहट—ये सब यादें मेरे दिल में उमड़ पड़ीं।

और फिर आया वह खास दिन, वह पल…जैसे ही सुबह की पहली किरण ने हमारे घर को रोशनी से भरा, मेरे दिल में एक अनोखी खुशी और भावुकता का संचार हुआ। हर कोना सजाया गया था, हर चेहरा मुसकान से भरा हुआ था, लेकिन मेरे दिल में कई तरह की भावनाएँ चल रही थीं।

अब मैं मेरी बेटी को शादी के जोड़े में देखने के लिए बेहद उत्सुक व रोमांचित था। दुनिया में ऐसा कोई शब्द नहीं बना, जो इस एहसास को बयान कर सके। मेरी भूमिका कितनी सुंदर लग रही थी। उसकी आँखों में चमक थी, उसका चेहरा उस खुशी और संतोष को बयान कर रहा था, उसे देखकर, मेरे मन में उसके बचपन की यादें ताजा हो गईं…जब वह छोटी थी और अपनी नन्ही उँगलियों से मेरा हाथ पकड़ती थी, उसकी मासूमियत, उसके सवाल, उसकी खिलखिलाहट—ये सब यादें मेरे दिल में उमड़ पड़ीं। आज वह एक नई जिंदगी की शुरुआत करने जा रही थी और मुझे यह एहसास हो रहा था कि अब मुझे अपनी सबसे कीमती दौलत को विदा करने का समय आ गया है। इसी को कहते हैं—कन्यामान…।

शादी के मंडप में जब मैंने उसका हाथ पकड़कर सार्थक के हाथ में सौंपा, तो मेरी आँखें आँसुओं से भर आईं। वह आँसू खुशी के थे, गर्व के थे और थोड़े से विदाई के दर्द के भी। उस पल ने मेरे दिल को भावनाओं से भर दिया। मैंने उसकी आँखों में वो भरोसा और प्यार देखा, जो उसने अपने जीवनसाथी के लिए महसूस किया। यह जानकर मुझे संतोष हुआ कि उसने सही व्यक्ति को चुना है, जो उसकी हर खुशी का खयाल रखेगा।

शादी के मंडप में जब मैंने उसका हाथ पकड़कर सार्थक के हाथ में सौंपा, तो मेरी आँखें आँसुओं से भर आईं। वह आँसू खुशी के थे, गर्व के थे और थोड़े से विदाई के दर्द के भी। उस पल ने मेरे दिल को भावनाओं से भर दिया। मैंने उसकी आँखों में वो भरोसा और प्यार देखा, जो उसने अपने जीवनसाथी के लिए महसूस किया। यह जानकर मुझे संतोष हुआ कि उसने सही व्यक्ति को चुना है, जो उसकी हर खुशी का खयाल रखेगा।

भूमिका, जो हमेशा से मेरी छोटी राजकुमारी रही है, अब एक नई जिंदगी की ओर बढ़ रही थी। बेटी की विदाई का दर्द और खुशी का मिलाजुला एहसास मेरे दिल को भारी कर गया।

इस शादी ने न केवल मेरी बेटी के जीवन में, बल्कि हमारे पूरे परिवार के जीवन में भी एक नया अध्याय जोड़ा। यह दिन हमेशा हमारे दिलों में सँजोया रहेगा। मेरी बेटी की शादी का यह दिन हमारे जीवन का एक ऐसा अद्भुत और भावनात्मक दिन था, जिसे हम कभी नहीं भूल पाएँगे। इन पलों में सार्थक बेटे का पूरा परिवार, जिसमें बाऊसा, मम्मीजी, सभी ताऊजी, ताईजी व बच्चों ने भरपूर प्यार व अपनापन हमें दिया।

भूमिका, मेरी ऑक्सीजन...

तुम्हारे जीवन में आने वाले हर सुख-दुःख व खुशी के पलों में मैं हमेशा तुम्हारे साथ हूँ। जब भी तुम्हें मेरी जरूरत हो, याद रखना कि तुम्हारे डैड हमेशा तुम्हारे साथ हैं। तुम्हारी खुशी, तुम्हारी सफलता और तुम्हारी हर छोटी-बड़ी जीत मेरे लिए सबसे महत्त्वपूर्ण थी, है, और हमेशा रहेगी।

मुझे तुम्हें, सार्थक व पूरे परिवार को अनगिनत शुभकामनाएँ और आशीर्वाद की अभिलाषा है। तुम्हारा जीवन खुशियों से भरा हो, तुम्हें हर कदम पर सफलता मिले, तुम्हारी मम्मी और मैं हमेशा तुम्हारे लिए प्रार्थना करेंगे और तुम्हारे हर सपने को साकार होते देखना चाहेंगे। तुम हमारी जान हो, हमारी खुशी हो और तुम्हारी मुसकान हमारे जीवन की सबसे बड़ी दौलत है।

अपने नए जीवन में कदम रखते हुए हमेशा यह याद रखना कि तुम्हारे पापा तुमसे बेहद प्यार करते हैं और तुम्हारे हर सुख-दुःख में सदैव तुम्हारे साथ हैं।

प्यार और आशीर्वाद के साथ,

तुम्हारे डैडी!

□

अध्याय-32

थारवानी एंड गुरनानी फाउंडेशन

मुझे मेरे माता-पिता द्वारा जो अच्छे संस्कार, जीवन जीने के अच्छे आदर्श व रीति-नीति तथा मूल्यों का मार्गदर्शन किया एवं भगवान् का नियमित रूप से पूजा-पाठ करवाया, वह सब मेरे अंतर्मन में समा गया है। बचपन से दान-धर्म करने का मार्ग मैंने जब चुना तो फिर क्या था, जब भी मुझे ऐसा एक भी मौका मिलता तो मैं उसको तुरंत अपना लेता और पूरे मन और श्रद्धा से काम करने में जुट जाता।

नरेन के जब नन्ही सी पारी निशा का जन्म हुआ तो हम दोनों ने एक NGO (जय माता दी) शुरू किया, जिसमें हम कुछ विधवा महिलाओं को पूरे महीने की राशन सामग्री, प्रत्येक माह के अंतिम रविवार को देते थे। धीरे-धीरे उनकी संख्या बढ़ती गई। गौशाला में घास की ट्रोली देना, गरीब बच्चों को स्कूल की यूनिफॉर्म, किताबें आदि देना अथवा उनकी फीस भरना और स्कॉलरशिप देना। बच्चों, बुजुर्गों, महिलाओं के लिए कंबल वगैरह देना शुरू किया।

आखिर वह समय आ गया, जब मेरी oxygen-भूमिका की बहुत अच्छे और समझदार परिवार में शादी हुई और मेरे सन इन लॉ सार्थक, जिनमें भी दान-धर्म के संस्कार हैं और उन्होंने भूमिका को भी इस नेक काम में समर्पित किया। बस वही सही समय था, जब मैंने और नरेन ने मिलकर एक प्रॉपर NGO का रजिस्ट्रेशन करवाकर, बड़े स्तर पर समाज-सेवा करने का फैसला लिया और जन्म हुआ Tharwani & Gurnani Foundation (T&G Foundation) का। इन पिछले वर्षों के बाद मुझे यह तो समझ में आ ही गया कि पैसा, पद, पावर की कोई सीमा नहीं तो क्यों न इस मुकाम पर पहुँचने के बाद मुझे मेरे

अपने समाज को लौटाने की एक बड़े स्तर पर शुरु कर ली जाए। इस फाउंडेशन में हमने अनगिनत सेवाएँ दीं। अब सिर्फ विधवा महिलाओं को ही नहीं, बल्कि कुँवारी कन्याओं को विवाह की संपूर्ण सामग्री भी देते हैं। प्याऊ लगाना और गरीबों की जिस प्रकार भी सहायता कर सकें, हम करते हैं।

सबसे बड़ी बात, हमारे NGO का एक ऑफिस बनने जा रहा है, जिसका शुभारंभ मेरे माता-पिता की जन्मतिथि, यानी 17-01-2025 को होगा। जैसा मैं और नरेन कहते हैं—We Want To Give Back To The Society (हम इस समाज को अच्छे रूप में लौटना चाहते हैं और उस पथ पर बड़ी तेजी से बढ़ भी रहे हैं)

हमें गर्व है—भूमिका, सार्थक, मंथन, निशा, स्नेहा व चिराग पर जो तैयार हैं, इस लीगेसी को अगले 100 वर्षों तक जारी रखने के लिए।

मैं 'अवतार' फिल्म से बहुत प्रेरित हूँ, उसकी तरह ही मैं एक आश्रम समाज के लिए बनवाना चाहता हूँ और उन्हें यह सौगात देना चाहता हूँ, यही मेरी अंतिम इच्छा है और कोशिश जारी है, देखें कब यह सपना पूरा कर पाता हूँ।

इसी के साथ जगह-जगह जल मंदिर बनवाना चाहता हूँ, एक कम्युनिटी हॉल, जिसमें गरीब बच्चों की शादी हो सके (कम खर्चे में अच्छी व्यवस्था) और भी कई अधूरे काम हैं, जो मैं जिंदा रहते करना चाहता हूँ, ताकि अंत में एक सुकून भरे जीवन की कहानी पीछे छोड़कर जा सकूँ।

□□□